乡土中国记忆

吕峰 著

屋头青瓦是谁家

山西出版传媒集团

北岳文艺出版社

图书在版编目（CIP）数据

屋头青瓦是谁家/吕峰著.－太原：北岳文艺出版社，2017.4（2025.4重印）
ISBN 978-7-5378-5011-7

Ⅰ.①屋… Ⅱ.①吕… Ⅲ.①散文集－中国－当代 Ⅳ.①I267

中国版本图书馆CIP数据核字（2016）第316852号

书名：屋头青瓦是谁家	策　划：商爱欣	责任编辑：韩玉峰
著者：吕　峰	书籍设计：赵廷宏	助理编辑：牛晓红
		印装监制：巩　璠

出版发行：山西出版传媒集团·北岳文艺出版社
地址：山西省太原市并州南路57号　邮编：030012
电话：0351-5628696（发行部）　0351-5628688（总编室）
　　　0351-5628695（编辑室）　传真：0351-5628680
网址：http://www.bywy.com　E-mail：bywycbs@163.com
经销商：新华书店
印刷装订：三河市天润建兴印务有限公司

开本：660毫米×960毫米　1/16
字数：167千字　印张：15.5
版次：2017年4月第1版
印次：2025年4月河北第4次印刷
书号：ISBN 978-7-5378-5011-7
定价：49.80元

目 录

木窗雕栏旧时光 **001**

岁月深处的老院子　002
木窗内外的时光　005
井老去无声　008
屋头青瓦是谁家　011
让日子温暖的柴火　014
渐飘渐远的炊烟　017
乡间的草垛　020
闲置的农具　024
乡村影事　027
远去的货郎鼓　030
磨剪子来——抢菜刀　033
甜蜜的杂货店　036
远去的裁缝铺子　039
玩具箱里的光阴　042
老行当里的童年　046

049   **鸟虫为邻好做伴**

050   雀喧禾黍熟
053   燕逐故园春
056   翩翩白鹭飞
059   爱上乌鸦
062   风中的鸽子
065   布谷声声
068   鹰击长空
072   飘逝的虫谣
075   喓喓蝉鸣声
079   萤火闪烁
082   螳螂的随想
085   聆听秋虫鸣秋声
088   大地上的蚂蚁
091   蝶舞翩翩
094   听取蛙声一片

繁花杂树入梦来	**097**

与树同在	098
白昼绿成芳草梦	101
柳色无边	104
油菜花开满目春	107
春风正暖桃花满袖	110
一树紫桐花	113
弥漫的艾草香	116
荷色生香	119
稻子开在田埂上	122
芦苇草	125
采一枝茱萸回家	129
烈烈菊花开	132
点点柿子红	135
棉是世上最温暖的花	138
梅香盈袖	141

145 粗茶淡饭乡滋味

146 难舍野菜香
149 舌尖上的乡野花
152 乡间黄焖鸡
155 因为臭所以香
158 平民化的豆腐
162 乡蔬有清香
165 瓜的夏日风情
168 椒子酱
171 贴秋膘
174 暖暖红薯香
177 百菜不如白菜
180 咸菜滋味长
183 螺蛳最美味
186 食粥做神仙
189 冷饮里的夏天

年风节俗故园情	**193**
年的味道	194
贴副春联过大年	197
溢彩流金的年画	200
难眠元宵夜	203
二月二，龙抬头的日子	206
惊蛰看春	209
三月三，风筝满天	212
走在清明的时光里	215
清明的忧伤	218
谷雨时节	221
芒种之忙	224
最忆儿时端午节	227
晒夏之美	230
站在秋天的门槛	233
月到中秋分外明	237

【木窗雕栏旧时光】

岁月深处的老院子

老院子是一个尘封的记忆，也是一个曾凝聚诸多故事与情感的所在。曾经在老家的院子里度过的幸福快乐的童年及少年时光，至今回想起来，仍让我魂牵梦绕、念念不忘。

老家在古黄河畔，是一座坐北朝南的农家院落，其结构、格局、所形成的居住环境，都给人以安全、和谐之感，是一种和平、安乐、幸福生活的象征。在院子的角落里，栽有石榴、银杏、夹竹桃、樱桃等树木以及月季、凤仙、蔷薇等花草，墙壁上则爬满了带蔓的"爬山虎"，给人以无限清凉之感。

记得爷爷在院子里栽了好几棵石榴树，夏遮烈日，冬晒暖阳。特别是五月石榴花开的时候，火红的石榴花挂满了枝头，闪烁于葱茏蓊郁之中，一朵朵红萼流光溢彩，像极了一团团燃烧着的火苗。那一份鲜艳夺目，那一份生机勃发，格外地叫人精神振奋。看着那满树朴素而热烈、火红而不张扬的花朵，一丝微暖的夏意会在我的心头点点荡漾，就连梦里也被渲染得五彩缤纷。

大门是院子的脸面，记得小时候，无论条件咋样，村子里在修建新房子时，都会把大门修得非常气派。门环是门的脸面，往往被制作得十分精美讲究，给宅院增色不少。普通人家的门环样式简洁，通常是圆形的，也被称为"太阳门环"，意味着家家户户开门吉祥。生意人家则喜欢花盆形状的门环，寓意能发家致富。

记得老宅的大门是那种最普通的、使用最广泛的圆形门环，就像一个小太阳一样，但是在外沿却镂出如意纹和蝙蝠图形，也不乏朴素的美。门环是铜做的，由于经过了长年的风吹日晒，被包裹上了一层时间的印记，只有手触的地方，铜的本色才显现出来。老门环是生活的见证，亲朋好友敲打过它，远亲近邻敲打过它，家里的老老少少也敲打过它。

宽敞的院子盛满了我多彩的童年。我和小伙伴们在院子里写作业、做游戏，一切孩童们感兴趣的游戏，我们都一一加以演绎。院子不仅是孩童们玩耍娱乐的场所，也是母亲们晾晒衣被、欢聚聊天的地方。她们喜欢聚在谁家的院子里，讲着女人间才能讲的故事，偶尔还会爆发出清脆响亮的笑声，让人萌生出许多的遐思迩想；有的借着阳光，用心地纳着鞋底，也不知是为谁做的，针脚密密的，每扎一根，都要将针在发际间轻抹一下，看似习惯，又未必不是为了一针一线都浓浓纳进她的一番心意吧。

夏天的晚上，我们家喜欢在院子里吃饭、乘凉，除了夜晚的安谧、祥和之外，就是夜幕上闪烁的繁星了。父亲在这时候才显出他内心深处最慈祥的一面，宽手掌在我的头上摸来摸去，并给我讲着小故事。孩童的心总是好奇，照例要天真地发问："爸爸，月亮上有人吗？""有啊！"回答总是肯定的。于是"嫦娥奔月""吴刚伐桂"的故事在古朴的院子里流传，一代又一代。偶尔母亲会不禁唱起儿歌，我从来不知道母亲的声音竟然是如此的美。

　　冬天的院子就有些萧条了，于是孩子们就期待着能下一场雪。雪来了，孩子们就可以打雪仗、捕鸟了。因为寒冷，鸟儿不得不往人间烟火处靠近。捕鸟的方法很简单，就像鲁迅小时候捕鸟的方法一样："扫开一块雪，露出地面，用一支短棒支起一面大的竹筛来，下面撒些秕谷，棒上系一条长绳，人远远地牵着，看鸟雀下来啄食，走到竹筛底下的时候，将绳子一拉，便罩住了。"不过捕到的多是麻雀等鸟儿，像燕子之类的鸟儿都已经南飞了。

　　后来，城市化的步伐用不可阻挡的气势分割吞噬了这方带着泥土厚重味的院落。每当想起那深深的老院子，它的唯美的景致总是在我的心灵深处浮现：苍劲的古槐、轻摇的绿柳、斜飞的燕子、闲开的野花，随处可见出墙的红杏、盖瓦的紫荆、缥缈的炊烟、嬉闹的顽童、半老的徐娘……

木窗内外的时光

窗子是一种独特的存在,只要有房屋,就会有门和窗,我们现在看到的多是铝合金窗子,曾经独具韵味的木窗正在逐渐消失。在客厅的一隅,还镶嵌着几扇历经岁月风雨侵蚀的木窗,上面雕满了花纹,给人一种深邃幽然的历史气息,让我总是情不自禁地回想起那渐渐远去的木窗年代。

小时候,老家的房屋都是木窗,最吸引人的就是木窗的图形和各种各样的窗格子,那些图形和窗格子能带给我无限的遐想。但不同的地方,木窗的设计也不同,木匠别具一格的风格也让窗的图形和窗格具有灵性。匠人用他们的心在木窗上雕着不同的图案,有的雕花花草草,有的雕各种动物,图形栩栩如生,给人以美的享受。

记得我家的窗棂是用木条隔成的小方格图案,每个方格大约有半个火柴盒大,采光、通风都很好。夏日微风挟着凉爽从前窗进入,带着清新的空气,暑热带着闷气从后窗走出。冬天的阳光透过窗棂倾泻进来,光影或深或浅,浮尘在斜斜的光柱中起舞,略略潮湿的地面被烘烤出一种暖意。

在我居住的房间的木窗下面,摆放着一张窄窄的条桌,有时读书写字，有时什么都不做，就那么枯坐或伫立，透过窗子可以安静地看看平凡人家的炊烟生活。记得窗外有棵高大的槐树，尤其是到夏天，枝叶茂盛，浓荫如伞，那粗壮的树丫上经常闪现着鸟儿的灵动身影。有时候我还在熟睡，窗外的鸟鸣声就把我从梦中唤醒。那些鸟声透着细瓷的质感清清纯纯地穿窗而过，清脆地落在我的枕边，十分悦耳动人。

小窗棂，大世界，窗棂是房子的眼睛，它巧妙地镶嵌了四时变化之景。当暖暖的春风吹过，有燕子呢喃飞过，杏花桃花梨花相继开满枝头。柳枝也软起来了，折上一枝柳条，左拧右旋，再抽去内芯，一支柳笛就做成了，呜哩哇啦地响成一片。夏天和秋天是村庄的黄金时代，浓荫匝地、蝉鸣虫嘶、瓜果遍地、人欢马叫，这时的村庄像一个丰满的少妇，在灿灿的阳光下烂漫着她灼烁的丰姿。到了冬天，更是热闹不已，尤其是小孩子们，呼朋结伴、不知疲倦地嬉闹玩耍，老鹰捉小鸡、躲猫猫、骑竹马、跳房子、踢毽子、跳绳……

印象最深的是，奶奶喜欢坐在木窗前梳头。奶奶的梳妆盒前总是摆着一瓶头油，但奶奶总舍不得用，逢上喜庆的日子或者走亲戚，奶奶就抹上一点，平时奶奶就往头上抹水。她花白的头发总是梳得整齐光滑。白天，一缕缕阳光从窗木格子里洒进来，照在梳妆盒上。奶奶总是穿着自己织的棉布衣服，领口盘着好看的布扣子，端坐在梳妆台前，或梳头，或穿针引线缝补纳鞋。那时我总是和小伙伴在木窗外做游戏，奶奶在窗前的一举一动都刻在我的记忆里。

在我看来，窗棂尤其是木窗棂，充满着浓浓的人情味，它把人与天地相连，窗中的人与窗外的景因为它而变得十分微妙。古代人对窗子是非常有感情的，尤其是读书人，冬季喜在南窗下读书、睡觉，夏季喜在北窗下纳凉。归隐南山的陶渊明曾说："夏月虚闲高卧北窗之下，清风飒至，自谓羲皇上人。"在睡觉与读书之外，倚窗远眺，凭栏望远，有心之人可有在窗栏中发现别一番天地。

长大后，更是读到了很多关于窗棂的诗文，如"窗含西岭千秋雪，门泊东吴万里船"，是杜子美的恬淡从容；"梳洗罢，独倚望江楼，过尽千帆皆不是，斜晖脉脉水悠悠"，是民间女子的相思；"独自莫凭栏，无限江山，别时容易见时难"，却又是落魄帝王的哀叹。记得最深的是李渔的小说《合影楼》中，一对小儿女隔池倚栏，影入池中，因而对影互怜，彼此爱慕，终于结成眷属。默默的窗棂，静静的人影，默默中，谁知道流动着多少诗意，酝酿着多少传奇。

木窗棂就是一个个镜头，在岁月收藏着一个又一个乡村画面。原色的木窗，总是令人想起一些朴素的人、朴素的事、朴素的情感，如同木的本质一样朴素。对于我来说，木窗里有一个遥远的世界，潜藏着孩提时欢乐的时光。每当回想起来，总觉得有一个老人在向我徐徐地讲述一悠远悠长的旧梦，明丽而又忧伤，既令人惆怅又令人无限向往。

井老去无声

　　井是连着百姓人生的物体，是远离河流而居的古人的一大创造，因为有了井，人类可以从沿海、沿江地带逐渐向内地深入，所以，古往今来，人类对井都极为敬重。井映在不同的人的脑海里，得到的是不同的镜像。在我的眼里它则是一幅充满生活情趣的画面，它和老巷、深院一起记录了一段特定的时光，在它生生不息的井水里潜泳着我童年的快乐、憧憬与向往。

　　我是在井边长大的孩子，亲眼看见了井在村里人生活中受到的重视程度，生活的每一天都和井密不可分，无论喝的还是用的几乎都是井水。井对我来说就像是一个老伙伴，忠实地陪伴着我。那时，我对井的印象就像村头听来的农谚，朴实而且玄妙，以我幼小的脑袋，实在难以理解为什么黝黑的泥土能变出水，并且是清澈的水。这样漫长的疑惑，对井来说只是难以觉察的一瞬。眨眼间，它已在天地间静穆了多年，它一如既往地守护着它当初的容颜，就算被推倒、淹没的一刹那，镇静的姿态依然没有改变。

　　村里的井多是以整块石头雕凿成井栏，很是质朴、厚重，很符合大地的气质。同村共井，邻里就是一大锅浓郁的香茶，寻常巷陌，寻常人家，每天往来进出，不经意间，总有一两件事能触动对方的心扉，在不断的生活交往中，看出对方的秉性喜好来。井边还是街谈巷议的发源地和传播地，"张家长李家短"多数在这里展开，即使没事，到井边转悠一圈，歇上一息，也是舒畅惬意的。人生百味，尽在井边铺展。

最热闹的是夏天的晚上，男女老少都在井边乘凉、聊天，孩子们围着老井四处乱跑。玩累了，就会和小伙伴们小心翼翼地趴在井台上往下望，井水在月光的照射下，明晃晃，白亮亮，我们可以清楚地看到我们的倒影。此时，月光透过井边那棵老槐树的叶子斑驳地洒在井台上，依稀可以看到井台砖缝间长满了浓密的苔藓。井栏被岁月磨平、磨光，在黑暗中闪着神秘的亮光。井边似乎有蛐蛐在鸣唱，宛似天籁。

对于我来说，井像是大地的眼睛，它连着地心的那股清澈，犹如温和或忧郁的眸子，在天地万物间安静地眨动。它的脉搏始终连着大地的心脏，每一次搏动，每一丝温度，始终牵挂着你我感觉不到的地下世界。在炎炎的夏季，从井里打上来的水却是无比清凉，喝上一气是那样的舒坦。那个时候，如果有赶集者或者做其他事情路过我们村里的外乡人，每当口渴得厉害就要到老井边去讨水喝的。

随着年龄的增长，特别是离开家乡之后，井在我心中的分量越来越重，我对井的文化内涵的感知也越来越深刻。井已不是单纯的装水的凹穴，它是故园家乡的概念。我常在寂寥的夜晚想起"背井离乡"这个词，每一次都似乎有一股凉意从心底渗出，绵绵不绝。其实，离开故园的人，心里都实实在在背着一口故园的井，虽然沉滞苦重、疲惫不堪，却终究不愿放下，就像一个诗人说的那样："异乡没有故园的井，而他们的灵魂，有着永远的渴意。"

  对我们来说，井是慈祥的长者，庇护着人们的生活；井是憨厚朴实的劳作者，酿就了淳朴的民风。井是美德，井是骄傲，井是逝去的岁月，井是人类宝贵的财富。但每当想起井，我总是抑制不住内心的哀愁，因为不知从哪天开始，那些老井像迟暮的老人般一个接一个离开了，这是一种万劫不复的永远离去。它们或被遗忘在一边，大而厚的石盖将它们的视线永远阻断；或首尾不连、分崩离析在一旁，长满暗绿的青苔；或身躯已经被填，只剩一围孤独的井栏，在提醒着某种存在；或是在推土机下，化作一缕游魂，在天地间刹那消失无痕。

  一口老井就是一段汲饮不尽的悠长岁月，让人遗憾的是这些老井逐渐消亡于岁月的洪流之中。不能汲水的井如同断弦的琴，铿锵一辈子，却在刹那戛然而止，让人心痛不已。那些逝去的老井让思念断了线，让血脉断了根，让记忆也变得残忍。我时常坐在书桌前，什么都不想，什么都不做，在意念中和这些延续了多年的生命做灵魂的对答，思索着如何来铭记老井们远去的孤影，如何来记录那段逝去的美妙时光。

屋头青瓦是谁家

瓦房曾在家乡随处可见，就如一棵树或一株草那样随遇而安。无论是青瓦还是红瓦，都代表着家的味道，都能生出家的温馨。那时候，家家留有屋檐，我也因此度过了幸福快乐的童年及少年时光。如今，瓦成了一个尘封的记忆。可是每每想起来，仍让我魂牵梦绕、念念不忘。

泥土做成的瓦片，除了固有的坚强也有几分柔情。那一层层、一排排的瓦笔走龙蛇般自在坦荡，浑然天成，犹如刺绣般绵密、精巧、纤细。瓦顶更具镶嵌之美，那是一种首尾相连、层峦叠嶂的牵连，那是一种细密繁复、环环相扣的有序排列。特别是傍晚时分，望着房顶的瓦，总让人不由地沉醉于"月上西山弄瓦，霜也喧哗，雪也喧哗"的意境之中。

瓦的烧制不复杂，关键是制作瓦用的泥土很讲究，那是一种不含沙子特有黏性的土。记得在上中学的路上，有一个很大的瓦窑，离很远处就能看到烟囱里冒出的青烟。每当从瓦窑前经过，都会好奇地在瓦窑门口瞄上几眼。放眼过去，瓦窑里面却十分宽敞。院子里层层叠叠地堆放着刚出窑的瓦片，在阳光的照射下，熠熠发光，十分美观耐看。

瓦是没有生命的，但是瓦上瓦下却是有生命的。在瓦上生活的叫瓦松，也叫天蓬草、瓦莲草。每逢夏季来临，青苔与天蓬草便都挤在屋檐上，它们不用浇水，不怕风吹雨打，顽强地生活在瓦楞的缝隙间，给瓦增添了梦幻般的色彩。瓦的下面，则会栖息着燕子，或是麻雀等鸟儿，它们天天不知疲倦地飞来飞去，叽叽喳喳，让安静的乡村也因此变得灵动起来。

屋檐下也是我们呼朋结伴玩耍的地方，老鹰捉小鸡、躲猫猫、骑竹马、跳房子、踢毽子、跳绳……一到雪天，瓦屋便成了童话里的雪房子，瓦檐下挂了长短不一的冰锥。我们在堆雪人、打雪仗的同时，会把那些冰锥打下来，或是当作兵器，或是当作美味放进嘴里，只听见嚼得咯吱咯吱响，那份乐趣是其他东西不能比拟的。

此外，屋檐下也是平常人家晾晒衣被、晒制家庭菜肴的地方。奶奶尤其喜欢做酱、晒盐豆子，一盆盆、一钵钵、一缸缸，大大小小整整齐齐摆在屋檐下，借伏天太阳的热力晒制，有时常有苍蝇光顾，抑或阵雨袭击，奶奶总是很辛苦地加以照料，精心保护一个暑天，那些各色各类的酱，便冒出了成熟的香味，当满院酱香飘逸的时候，便可以享用、收藏、赠送亲朋好友了。

到了冬天，院子里便有些萧条了，但若是天气晴好的日子，无论大人还是小孩，特别是老年人，都会在屋檐下晒太阳。于是那悬在头顶的太阳、直洒下来的阳光、坐晒暖阳的人，以及挂在屋檐下的玉米、辣椒、大蒜、竹筐、竹篮，共同构成了一种既清晰又遥远的背景，似乎都在诉说着曾经发生的生生死死的故事，都让人想到世俗日子淡而清甜的滋味，给人一种细腻的真实的美，以及那种真实所带来的微妙而又深邃的情感。

等到了"少年不识愁滋味，欲说还休"的年龄，我对那些屋瓦更有兴趣了，尤其是落雨的时候，那些瓦便成了雨中的美人。雨滴敲在瓦片上，叮叮当当脆生生地响，像一支曼妙无比的乐曲，弥漫、氤氲了整个村庄。雨水顺着瓦沟流下来，在房屋的檐口上，形成一挂宽宽的雨瀑，生动迷人。记得，母亲常常在檐下放一木桶，让雨水流进桶里，那是母亲喜欢的天水，可以用来烧饭、洗衣、喂养鸡鸭猪狗。

后来，乡村的瓦片几乎成了一种奢侈品，愈来愈稀缺了，取而代之的是钢筋水泥等现代建筑材料。再后来，城市化的步伐用不可阻挡的气势吞噬了带着泥土厚重味的院落，也吞噬了那些如美人般靓丽的瓦。记得老家拆迁时，我请师傅从老屋上揭下了百余片瓦，并将它们镶嵌在了城里的房子的小花园里。在我看来，一片瓦，就是一段历史，就是一片浓得化不开的乡愁。

"屋头青瓦是谁家？"纵使青瓦逐渐淡出我们的视野，而那记载着前世风雨的故园依然清晰，依然是我们永远的家。望着它们，我的灵魂好像置身于澄明如水的气氛里，沉浸在迷蒙而又温暖的睡意之中，感受到一种生机盎然的、充满生命气息的宁静，给人生注入一份阳光的香甜。

让日子温暖的柴火

  柴、米、油、盐、酱、醋、茶,开门七件事,柴火是摆在第一位的,可见柴火在生活当中的重要。可是随着生活水平的提高,柴火成了一个十分生僻的词语,悬置在贫困生活的门槛之外。但对我来说,柴火是温情的、淳朴的,像村庄一样,深深地刻在记忆深处,当我某天在外面看到柴火时,所有和柴火有关的记忆以及那个曾经生活过的村庄就会从我的脑后浮现出来。

  老家在故黄河边,柴火是村庄的一部分,它象征着村庄的存在。一个没有柴火的村庄是不完整的,它的原始性会随着时间而消失。走在村庄看看,任何一户人家门口都堆了大堆小堆的柴火。有的柴火刚刚捡回来不久,闻闻有一股淡淡的香味。有的放在门口好几个月了,乌黑乌黑,像到煤窑里转了一圈,闻闻有一股霉味,还带点潮湿的味道。

  柴火是乡村生活的基本依赖,柴垛是乡村生活永远的风景,它和那些粗糙干裂的手掌、那些因为烟熏火燎而迎风流泪的眼睛,共同构成了农家生活最基本的背景,掩映着日出而作、日落而息的凡常四季。柴火以及那家家户户的烟囱里冒出的缕缕炊烟不仅使我们产生过绵长空幻的畅想，而且也成为一种动力，不断地把我们向幸福的愿望推进。

比较于拾粪、放牛这些劳动，拾柴火似乎更富有私人化的色彩，也成为每一个农家孩子最自觉的劳动项目。一年当中，有两次拾柴火的高潮，那分别是在夏秋两季。夏季是在麦收之后，大片的麦田显得十分空旷，留在麦田上的麦茬根就成了我们竞相寻获的猎物。这时，身体单薄的我会拽着大铁耙来来回回地搂起来，大铁耙像一把巨大的铁梳子一缕一缕细细密密地梳理着麦茬地，把藏匿和遗留的连泥带土的麦根都掏了出来。然后，再把麦茬根部连带的泥土磕掉。这是一件令人兴奋的劳动，当我的手抓住麦茬的时候，一种亲切的感觉就通过手指传遍全身，仿佛我抓住的不是用来烧火做饭的柴火，而是生活的全部恩赐。

秋天是拾柴火的又一个重要季节，秋收以后，挨家挨户都忙着去各处拾柴火。所以，每每冬天到来，各家的院子里都会聚集着一个个形似蒙古包的柴垛，形成了一道美丽的风景。秋天的一夜寒风，树林就落下了一层厚厚的树叶，放学回家的我们，第一件事就是拿起扫把和箩筐去村外的树林里扫树叶，因为风的作用，树林里堆积了厚厚的黄叶。我们用扫把或耙子把它们归拢，然后装进麻袋或是竹筐。它们已经十分干燥，不需进一步晾晒，就可直接进入灶膛，它们在锅底伸缩游动，仿佛风中的绸缎在自由飘动。

到了秋季，柴火总是给半大孩子带来野趣。我们常常跑进河沟，拔掉风干的野草，点燃，如此三番五次，让青烟悠然四起并缓缓飘散，好像天空闲适的云朵，煞是好看，最满足的事就是烧熟从附近地里弄来的红薯、玉米，大饱口福。有时我们还会结伴去离家几里远的山里拾柴火，山里有许多枯死横躺的树木，只需七剃八砍，很快就能捆好一担柴挑下山去。运气好时，还会遇到如小红灯笼似的密密地排成串的楂叶果，或是残留在枝头的野山枣子，那时我们都会欢悦不已，赶紧摘下来放进嘴里，味道十分的酸甜可口，是难得的佳品。

可以说，柴火是我童年生活的基石，成长的阶梯。它与我的生活息息相关，它令我们乡里人活得旺盛、滋润，就像自个儿种的庄稼，年年五谷丰登，岁岁粮食满囤。如今，虽然柴火已经是遥远的过去了，但是与柴火有关的记忆却不会老去，那凝结在一捆麦秆或是一筐树叶里的艰辛不仅永远难忘，还会给我一种前行的力量，让我迈过一道又一道的人生门槛。

渐飘渐远的炊烟

炊烟曾在乡村的沃野上横亘，它每天都会准时安详地从村庄的每个屋顶颤悠悠地升起，它曾是乡情浓聚成的一道优美独特的风景线，曾是乡亲们生活的希冀和灵魂。后来随着生活的改变，那个炊烟缭绕的时代已经过去，家家户户几乎都用上了煤气或是电磁炉等等。但每当拧开煤气灶开关、绿莹莹的火苗"呼呼"地往上蹿的时候，或是高压锅"嗤嗤"地响起来的时候，我都会想起在旧式灶台上烧饭的情景，勾起我对炊烟的记忆。

在家乡，制造炊烟的是普普通通的土灶和带有牛粪味的稻草。村里的每家每户几乎都有一个灶间，灶间里盘着一座土灶，并有一个烟囱通向屋外，炊烟就是从这些烟囱里冒出来的。我清楚地记得，我家是一个大大的灶台，里面镶嵌着一口大大的铁锅。母亲忙碌的时候，身影总是被油灯映照着，在墙壁上晃来晃去。当时的生活相当艰苦，母亲总是想尽办法改善一下生活，但无非是在玉米饼中加点白菜或绿豆做成的馅儿。父亲每每为了哄我们多吃一些，便经常带我们做一些小游戏。现在回想起来，玉米饼如何下咽似乎已经记不起来了，而留在记忆深处的是那缭绕在炊烟里的无法割舍的浓浓亲情。

一位诗人曾这样写道："炊烟不同于庄稼,不会生长在田地里,而长在屋顶上。"但倘若不深入村落,不深入那一间间屋子,不深入那喜怒哀乐里的一日三餐,就很难明白炊烟的味道。我或许能明白炊烟的味道,因为我在乡村度过了许多年,我深深懂得,炊烟是母性的,它袅娜地上升,维系着整个村庄,升腾着村庄沉甸甸的希望。所以,在乡村有炊烟就有村庄,有村庄就有人家,有人家就有生命的存在和延续,一家人守着一缕香喷喷的炊烟,就是守着幸福。

每当早晨或是黄昏,我们在野外割草或是放学回来,老远就会看到炊烟从村子里的一座座青灰色或是红色的瓦房顶上袅袅升起,像一株株白色的植物,又像是一缕缕薄薄的溪流,从一个个高高矮矮的烟囱里涌出来,流向天空,飘向远方。在有雾的清晨,那白烟与雾气交融在一起,弥漫在村庄和田野上空,成了一片烟湖。晴天的傍晚,在晚霞的映照下,那炊烟也成了赭红色,好似片片油彩,涂抹在这美丽的田园风光图上,这景色常常令我痴迷和陶醉,这么多年来一直留存在我的记忆里。

每当炊烟升起时,田埂上许多荷锄归来的男人们就会朝着各自熟悉的那道炊烟走去,疲惫的脚步显得格外轻快。因为那时我们这些孩童们熟悉村里的每一座房子,也熟悉每一个烟囱、每一道炊烟。透过炊烟,我们可以知道是谁家的母亲在做饭;透过炊烟,我们可以亲吻四处飘逸的饭香,立即就会咂巴着口水,生出对生活的眷恋和向往;透过炊烟,我们还可以懂得父亲的滴滴汗水怎样瘦了自己的筋骨,肥了田间的谷穗。是啊,炊烟是乡下人的日子,有了炊烟就有安宁和温饱,有了炊烟就有了繁衍和生存。

可是现在看来，我的这一观点只适用于贫穷落后的昨天，而不适用于经济腾飞的今天和明天。随着社会的发展与进步，我们的生活也发生了翻天覆地的变化，农村更发生了日新月异的变化，不说吃穿不用愁，也不说村居民宅从土坯房到瓦房，从平房到楼房，从楼房到别墅不断更新换代着，就说这滋润过我们的童年、萦绕过我们的生活的炊烟，已悄然与我们告别，电和煤气代替了稻草和木柴，新颖洁美的电饭煲、煤气灶替代了古老朴素的土灶，炊烟已经作为一个美好的回忆渐行渐远。

从前，我是闻着炊烟的气息抵达村庄的，那风夹着青蓝色的炊烟轻柔地抚摸我，这如约而至的气息，朴素而淡雅，让我有一种久违的亲切感和温馨感，让我幸福如水。如今，走在家乡那宽敞洁净的马路上，已看不到高高矮矮的烟囱和袅袅的炊烟，曾经贫血的农业因阳光的灿烂而日渐红光满面，贫穷的村庄也因此发生了翻天覆地的变化，变得更加多彩多姿。我内心依然会萌生出一种暖暖的爱意。

时光荏苒，物是人非。如今，在没有炊烟滋润的村庄里，生活却越来越滋润了，农民的锅台上飘出的不仅仅是饭香，而且是新生活的丰盛和富足。遥望村庄，我这个曾经被炊烟激动过温馨过幸福过、至今还深深眷恋着炊烟的人，不禁为眼前这没有烟囱、没有炊烟的村庄击掌而歌，并虔诚地期待着这些没有炊烟的村庄走向更加丰腴富足、更加灿烂辉煌的未来。

乡间的草垛

草垛是乡村特有的一道景观，只要有村庄有人家的地方就有草垛。那一个个大大小小的草垛像一簇簇的蘑菇，又像是一座座的金字塔，散发着暖暖的光芒。不管是谁，看到它们，心头都会猛然一动，都会有一丝温暖油然而生，让我们想起纯净的空气、明亮的阳光和那使季节意味深长的粮食。

乡间的草垛是由麦穰或是稻草堆成的，在小麦和水稻收割后，乡亲们会把它们在田里晒干，然后再堆成草垛。每季农忙过后，每家每户的劳力就会忙着堆草垛。看似简单，实则是一项技术活，要想叠得高且结实委实不易。技术高的，堆出来的草垛不仅实在，而且漂亮，就像是一件艺术品一样能吸引人们称赞的目光。反之，则松松垮垮的，像是孕妇的大肚子，或者是还没封顶就"塌方"了。

堆草垛需要两个人合作，一个续料，一个摊匀，技术的含量全在后者，不仅要把草摊平，而且还要踩实到边，这样才能匀直向上，否则，就只能歪倒了。父亲是堆草垛的高手，每次堆草垛的时候，他都像是在雕琢一件艺术品，用的不仅是稻草，更是沉淀下的过去时光。父亲经常说，慢工出细活，只要有耐心，草垛是不难堆的；若是漫不经心或者心浮气躁，则永远都堆不好。

在别人看来，草垛是乡村的一道风景，可是对于乡里人来说，草垛则是实实在在的生活物资，在寻常的日子中发挥着不可估量的作用。稻草可以用来烧饭、煮菜，以填饱肚子；稻草可以织成垫子，让整个冬天不再寒冷；稻草可以用来喂牛、垫猪圈，产生农家肥……那时候，农人对麦穰或稻草是宠爱有加的，是舍不得浪费的，不像现在，许多人往往是一把火烧掉了事。

在我看来，乡间的草垛里储藏着伟大的原始美德，积蓄了几千年的原始思维，那是与天地相融的宁静与温馨，那是白云悠悠的恬然与情韵。那些暖人心房的草垛，不仅蓄满了春阳的气息，而且贮藏了许多美好的回忆，那金色童年的天真笑声，那青春的欢娱与冲动，那割舍不断的乡情，那温柔的大婶、慈祥的老人，那翘着尾巴嗅来嗅去的花狗，那冒着烟气的长杆烟斗，都因草垛的存在而变得明亮清晰，使人沉醉其中，回味无穷。

记忆最深的是冬阳下的草垛，聚集了许许多多晒太阳的人，年轻的、年老的，男的、女的，各有各的人群，泾渭分明，阳光似乎是他们不花一分钱就能得到的美好礼物。那时候，出去打工的人很少，到了冬天就都闲了下来。年轻的汉子喜欢聚在草垛边，他们在阳光下眯缝起眼睛，看天看地、谈古论今、扯东扯西。他们一边美滋滋地吸着烟，一边随意说着话，话音有些轻飘，像是醉酒人的呓语。早晨喝下的小米稀饭、几天前的一场滂沱大雨、一下子蹿出多高的小麦，都是谈话的资料；

有时也说女人,粗话像标点符号夹杂其中,嘿嘿地笑着。

那些穿着那种粗布的黑棉袄或披着狗皮大衣的老人们则喜欢悠闲地晒着太阳、打着瞌睡。空气中飘着柴垛从草地上或是树林里带来的芬芳,夹杂着淡淡的苦涩。阳光在他们的额头上层层铺展,似乎连他们脸上的皱纹里都积满了历史金黄的飞屑,一眨眼就会舞动飞散。他们的谈话是有一搭没一搭的,没有个中心。有时候,他们看上去似乎睡着了,然而有些轻微的动作,他们就会倏然惊醒,继续他们的谈话或是手上的事情,让人想到他们可能压根儿就没有睡着。

对于乡村的孩子来说,草垛是一处无比温馨的乐园,尤其是寒假时分,孩子们在这里晒太阳、爬滚、追逃、捉迷藏、弹麻雀……玩得不亦乐乎。有时比试着爬上草垛,或是站在草垛上意气风发地眺望远方;或是卧躺在草垛上仰望天上多彩的流云,注视鸽子与麻雀的飞翔;或是在草垛旁自由地欢笑,尽情地放声歌唱,"我们坐在高高的谷堆旁边,听妈妈讲那过去的事情……"那歌声响彻诸天,在原野久久飘荡。下雪时,孩子们在草垛脚下堆雪人,打雪仗,给冬日宁静的乡村平添了一份童话色彩。

除去草垛前聚集的人儿,草垛也是鸟儿们的最爱,因为在那里它们会找到残留下来的小麦或是谷物,尤其是寒冬时节,暖暖的草垛会给它们提供一份庇护。草垛也是鸡鸭猫狗撒欢的地方,比如谁家的芦花鸡丢了,找了半天也没找到,可是不曾想,半个多月过去了,芦花鸡带着一群小鸡从草垛里钻了出来,耀武扬威地回家了,让主人收获一份意外的惊喜。

草垛的味道,是家的味道,也是童年的味道,更是故园的味道。无论你走到哪里,那种味道都会让你难以忘记,都会让你滋生回家的梦想,那些远逝的故事又会重新出现在眼前,勾起你内心深处最原始的怀念与回想。总之,拥有关于草垛的记忆,就会获得一种无限的甜美和满足,就会获得一种无上的感动与温馨,就会获得一份力量、一份安宁。它会让我们生命的最初冲动以及与它连在一起的各种图像、意象、细节都生气勃勃。

闲置的农具

农具是乡里人家家必备的寻常之物，也是乡里人最忠实的陪伴。虽然我与农具接触不多，但是我却深深地知道并理解父辈们对它们的感情。农具就是他们赖以生存和传延香火的根本，有了它们，才有了五谷的丰登，才有了踏踏实实的生活，才有了日子的温暖与甜蜜。

农具是先人伟大的创造，因为它们的出现，人们逐渐开始进入了农耕社会，从石器到木制农具，再到铁制农具，那是一个绵延不绝的传承。在几千年的时光中，农具一直发挥着巨大的作用，并因此形成了诸多的种类，如木制的推板、木锨、连枷，如石制的碌碡、磨刀石、石碾，如铁制的镰刀、锄头、犁铧、耙等等，它们让人与土地的关系更加牢固，更加情深意浓。

农具的种类很多，各有妙用，有的是犁地用的，有的是除草用的，有的是收割用的，有的是脱粒用的，有的是辅助用的。犁铧是耕地用的代表农具，由木制的犁体和装在犁身前下方的铧等构成。犁铧是家中较为大宗的农具，也是父亲的专用农具。犁地不仅是一项体力活，也是一项是技术活，犁深了会翻出生土，犁浅了禾苗扎根不深，所以犁地时的深浅一定要适中。每次父亲犁地时，只见他一会儿压着犁，一会儿又提着犁，随时调整，不断变化。

镰刀是收割用的代表农具，由弯状刀片和木把构成。那个时候，没有收割机，所有的农活都是用一把镰刀，割麦子、大豆、稻谷等，都少不了镰刀的身影。所以，镰刀的锋利与否至关重要。一把锋利的镰刀能起到节省不少时间的作用，就像俗话所说的"磨刀不误砍柴工"。每当农忙的时候，父亲就会早早地起来磨镰刀。大大小小几把镰刀一字排开，像列队在大地上等待检阅的士兵。当我从床上爬起来的时候，父亲已经下地了，只留下几把锃亮的镰刀在晨光下熠熠发光。

锄头是间苗、除草用的工具，由长木柄和铁锄板子组成。锄头是我印象最深的农具，对它的认识最早来自那首"锄禾日当午，汗滴禾下土。谁知盘中餐，粒粒皆辛苦"的《悯农》诗。后来，经常见父母亲在黎明时分就扛着锄头去地里，民间流行着所谓的"三铲三蹚"说法，即每铲一遍还要蹚一遍，在这个过程中，锄头已被打磨得镜面一样光亮了。再大一些后，我也能肩扛着锄头帮父母亲分担一些农活了，体会到了生活的艰辛与苦涩。

脱粒用的农具是碌碡，一般是用巨大的青石凿成的，表面十分光滑，是打麦场上的主角。每当农忙的时候，只见碌碡在打麦场上滚动，秸秆都发出了毕毕剥剥的响声，只见那一粒又一粒的粮食从秸秆上脱离而出，然后进入农人的粮仓，进到农人的餐桌上、饭碗里，最后进到农人的肚子里。有了脱粒机后，碌碡就渐渐被淘汰了，并退出了农耕的舞台。后来，失去了脱粒功能的碌碡被移到了农家门口或者村边人们聚集的地方，当坐榻、当餐桌，继续发挥着作用。

辅助用的农具说是辅助用的，却也是必不可少的，如磨刀石、竹筐、扁担、耙子、簸箕、草帽，等等。耙不仅能够将翻耕过来的大土块捣碎弄平，而且能够将土里的麦茬或稻茬子勾出来。木锨是在麦子或谷物脱粒后，除去叶子灰尘时所用，一般在侧风向采用扬撒方式，使灰尘、碎叶脉等杂物随风飘走。草帽是用麦秆编织而成的，虽然只是一顶小小的帽子，却能阻挡夏阳的如火的炙烤，防止中暑。

在我的印象中，家家户户对农具都是宠爱有加，好多的家里都有一间专门放置农具的屋子。农具也会分门别类地存放，有的放在地上，有的挂在墙上，一切都是那样的井井有条、秩序井然。父亲他们在闲暇时，就会侍弄那些农具，该清洗的清洗，该修补的修补，该擦油的擦油，把一些铁器农具打磨得干干净净。那神情是无比的专注，无比的神圣，就像是士兵在面对手中的枪，医生在面对手术刀一样。

伴随机械化的推进，曾经和农人生活密不可分的农具逐渐退出舞台，躲进了乡村记忆的深处。虽然那些忙碌的农具闲置在岁月的一隅，可是对于我的父辈乃至对于我来说，这辈子都无法将它们忘记。它们像久远的亲切的琐碎的乡间事物，和那片遥远土地上的村庄、曾经抛洒的汗珠一起，共同构筑了思念和精神的家园。

乡村影事

在那个文化活动匮乏的年代，看一场电影是一件无比愉悦的事情。记得儿时最快乐的事，除了过春节，莫过于看电影了。那时的农村，看的都是露天电影。它带来的感官上以及精神上的愉悦是其他娱乐活动难以匹敌的。如今，却被岁月的烟尘所掩埋。

露天电影是一个富有诗意的字眼，也是一个蕴含着美好回忆的字眼。那时村部会定期放映电影，而谁家有红白喜事，或是有子女考上大学、当兵参军的，也会放上一两场电影，让全村的人一起高兴乐呵。天为顶，树为院，白幕布一拉，村前的打麦场就成了我们最美妙、最神往的电影院了。在那个没有电视、没有音响，文化娱乐活动极为贫乏的年代，有电影看实在是值得兴奋的事。每一次都像是过年一样兴奋、热闹、舒爽！

记得那时，每当放映组在村口露出一点影子的时候，最先见到他们的孩子就会雀跃着在村里奔走相告。要不了多久，村里的大大小小、老老少少都会知道今晚有电影看了，而且这消息还会迅速地扩散到村外尽可能远的地方。兴奋极了的孩子们不约而同地聚拢到打麦场，饶有兴趣地看放映员打桩、扯幕、摆放放映机。喇叭里也播放一些高亢的流行音乐，如《牡丹之歌》《大海呀，故乡》……在嘹亮的歌声里，在地里劳作的人们，心都像长了翅膀，快乐的，轻飘飘的。

当炊烟袅袅时，孩子们便跑回家，胡乱扒上几口饭，然后搬起小凳子，一溜烟向放映场奔去。不一会儿，麦场上就有许多大大小小的孩子在快乐地跑着、跳着、叫着、疯着。天擦黑的时候，辛苦了一天的人们搬着椅子，夹着凳子，从四面八方，陆陆续续地汇合到打麦场。人们在银幕前一个挨一个地摆下椅子、凳子，最前面小孩子们的小凳子早已一个靠一个地放好。

闻讯远道骑车而来的人，将自行车架在打麦场外围，坐在自行车架上，也有一些年轻人索性爬上树杈。孩子们在麦场四周乱串，兴奋地高叫。相邻而坐的大人们大声地互相问候，传播着家长里短，麦场上充满着欢乐喜庆的气氛。世界一下子就热闹了，人与人之间就有了一种温暖而又隐秘的关联。那些坐在小板凳上、椅子上，或者席地而坐、爬到树顶，分散各处的人在这里形成了一种和谐的秩序。

当一束强烈的光越过黑压压的头顶直射银幕时，孩子们迅速停止了撒欢，都赶快回到自己的座位，目不转睛地盯着银幕。画面一开始有些歪歪扭扭的，但经过放映员一番调试，电影就正式开始了。麦场上也安静了下来。有的来迟了找不到合适的位置，干脆就在银幕的背面席地而坐，却一样看得津津有味。伴着放映机轻微的沙沙声，电影中响亮的人物对白透过空旷的村野飘向远方。

当一个大大的"完"字出现在银幕上的时候，已夜半更深。

累极了的孩子终究抵挡不住困倦，早已趴在大人的肩头进入了沉沉的睡眠。人们搬着椅子，夹着凳子，抱着孩子，借着淡淡的星光，沿着乡间弯曲的小道深一脚浅一脚地往回走。在一阵短暂的躁动后，乡村又恢复了它原有的宁静。

可以说，在那个没有电视的年代，电影是人们为数不多的精神食粮之一。它不仅满足了人们的视觉盛宴，让人们看到了更广阔的世界，而且是一个结交朋友的舞台。在电影放映之前，这一攒，那一撮，谈得热火朝天，尤其是年轻人，要不一会儿就会熟识起来。对于处于恋爱中的年轻人来说，露天电影就是他们谈情说爱的地方，看电影倒变成次要的了。在电影场的僻静处或是稍远处，经常会看到一些成双成对的身影，遇到认识人，常常会发出起哄的笑声。可以说，在那个年代，露天电影成就无数的美好姻缘。

随着生活水平的提高，电视进入了千家万户，于是，乡村的夜晚变得安静了，是那种空无一人的安静；只看见灯光这里亮、那里亮，家家都关着门看电视、看影碟，露天电影那一种别致的文化传播风格也就随之远去了。可是诸如《刘胡兰》《芦笙恋歌》《铁道游击队》《地道战》《小兵张嘎》等经典影片却长久地留在了我的心上，让我回味无穷。

后来有一次出差，竟然发现在放映露天电影，于是一种久违的温馨与感动不禁油然而生，便禁不住地停下来了脚步。那些远逝的情感与场景让我萌生了一种身处家乡故园的感觉，勾起我内心深处最原始的怀念与回想。每次回想起露天电影，我都会获得一种无限的甜美和满足，都会获得一种无上的幸福与祥和，都会获得一份力量、一份安宁。

远去的货郎鼓

货郎是一种古老的职业，在宋代人的风俗画里，他们是画中的主角，在现代人的小说中，他们也是常常出现的形象。对于我来说，货郎则是一段永远珍藏的记忆。二十世纪六七十年代的乡村，都曾出现过肩荷杂货挑子或是推着平板车的货郎，老远的，拨浪鼓一摇，乡亲们就知道货郎来了。在我的记忆里，故乡的货郎从不摇鼓，只吹一种泥做的哨子，那哨声令我百听不厌。

故乡货郎的泥哨子，又叫作"泥响儿"，选用黝黑的黏土揉捏后烧制而成，三角形的，个儿也不大，倒有些像菱角，有两个或者三个眼儿，上面用白颜色打底，红黄绿点缀成荷花图案，从背面看像一个卧在地上肚子鼓鼓的青蛙。泥哨的构造类似于埙，但吹出来的声音，不似埙那样的苍凉而幽远，它的声音清脆而柔和，像鸟鸣一样悦耳动听。货郎一手推着车，另一手捏着泥哨，鼓起腮帮子有节奏地吹着，哨声单调却韵味悠长，随风传开，持久不散，用泥哨子代替口干舌燥的吆喝，效果很好，又更加的乡味十足。

小时候，农村有许多光临村庄的生意人，如卖肉的、收购牲畜皮毛的，等等。最让人关心的是有没有货郎的摇鼓声或是哨声。通常，期待总是不会太遥远，一天中会有个把货郎经过。货郎的生意很小，小到可以挑在肩上。三尺长的扁担一头一个箩筐，前面的箩筐里摆放着针头线脑、饼干、糖果、香烟和火柴之类的东西；而后面的是只空筐，但是它却装着货郎的精明。因为不是所有的人都花钱买东西，货郎就让人们从家中拿破烂和他交换，换来的破烂便放在后面的空筐里。通常货郎对女人剪掉的辫子或者废旧的锅碗瓢盆感兴趣，往往抱去一堆破烂，换来的不过是几颗糖或一两只气球。不过，乡亲都不在乎这些，认为有些东西扔掉也是扔掉，能够使孩子快乐，就足够了。

吹着泥哨子的货郎，走在村子里，不一会儿就围上来好些人。人们连忙从墙缝中抠出几卷灰白或枯细的发丝，换回一点针头线脑；或从床下旮旯里找出一只烂得不能再穿的鞋子，换回几颗纽扣；或从鸡窝里掏出还带着体温的鸡蛋，换回几根红红绿绿的毛线扎在已出落大方的闺女的头上，或换回几颗糖豆塞进扯着爹娘衣角嗷嗷哭叫的孩子的嘴里。对于小孩子来说，货郎的挑子像一个美丽而生动的童话世界。它曾诱惑着我，掏空我口袋里有限的压岁钱，也使我早早学会捡垃圾堆里的铁丝头、废塑料等，从货郎的挑子里换回几颗彩色的玻璃球、一只上过漆的铅笔盒或是一本印刷粗糙的田字格。即使没钱买了，没东西换了，货郎一来，我们也会围着看半天。

对于生活在闭塞乡野的农民来说，货郎是远方的客人，从货郎身上能够嗅到外乡的气息。一般农民不会轻易错过和货郎交谈的机会，大伙儿放下手中的活计，围在他的周围，或仰头询长问短，或俯身挑着自己心仪的物品。货郎乐呵呵地在一旁介绍着、谈论着，将其耳闻目睹的见闻统统说出来。每逢这种时候，即便没有生意，他也不会在意，因为他明白，出门在外，求的就是个和气，生意有人围着，心里踏实。等到大家都买好了，问得差不多了，货郎就像一阵风似的，在平地"呼"地打个旋，不知又飘向哪里去了。

岁月流逝，货郎的哨声像飒飒秋风，吹走了那个家无余粮、为填饱肚子奔跑的朴素岁月。特别是随着杂货店的兴起，货郎的身影就渐渐消失了。在没有货郎的日子，心情总是有些失落和惆怅。随着时光的流逝，年龄也一天一天大了，我也知道货郎已经凋谢成为一道遥远的风景，但是心中所有关于货郎的记忆却愈加清晰。有时候，竟在心里怀念那清脆而柔和的泥哨子的声音。我曾自己找来一些黏土，打算自己做一个泥哨子，由于实在手拙，到底做不出来，只好罢了，这个声音只能留在童年美好的记忆中了。

货郎是岁月深处的一个象征，忧伤而惆怅，温馨而感人。对于我来说，它没有走远，也没有变形，它只是暂时封存在我内心的一个角落，呼之即出，翩然降临，它像一部安徒生的童话慰藉着我的心灵，是一份温馨、一种诗意、一种高度。

磨剪子来——抢菜刀

村子里藏着许许多多有手艺、有绝活的人，他们以各种各样的形式在村子里繁衍生息，有的是以店铺的形式存在的，更多的是走街串巷的艺人，他们不辞劳苦地在村子里穿梭，那些忽高忽低的吆喝声，从清晨到傍晚，夏季最集中，惊醒许多人的梦。

"磨剪子来——抢菜刀"的师傅是经常光顾乡村的手艺人，他们是未见其人先闻其声，老远处就能听到那抑扬顿挫的吆喝声。在他们的阵阵吆喝声中，东家的奶奶、大娘，西邻的婶子、嫂子，南院的大爷、二叔等等，都如同接到命令一般，纷纷从家里聚集而来。这时候，年迈的奶奶就会从针线篓里翻出几把半新不旧的剪刀，妇女们则拿出钝菜刀，大爷、叔叔们则会拿出劈柴的斧头等等，大家把需要打磨的家什都搬了出来。

"磨剪子来——抢菜刀"师傅的工具也是非常简单：一个长条凳子、一块厚厚的磨刀石、一个小水桶、一副砂轮、一个小箱子，里面装着砂纸、水刷等小工具。每次来的时候，我都会在一旁好奇地看着。只见师傅劈腿便骑在了木凳上，然后用手捏着菜刀或是剪刀的柄,在砂轮上淋点水,就开始磨起来,并不时用手指在刀刃上轻试锋口。随着砂轮的传动,曾经锈迹斑斑的剪刀或是菜刀会逐渐变得锃亮起来,就像是变魔术一般,常常引得围观者发出啧啧赞叹声。

作为一名磨刀匠,经验是非常重要的,首先要懂得区分剪刀和其他刀具的种类和用途。比如剪子有宽剪、窄剪、圆头剪、尖头剪等多种,种类不同,打磨的侧重点也会有所不同。再比如刀,有切菜刀、剔骨刀、裁纸刀等等,磨的时候要先看刀口,钢是软还是硬,硬的要用砂轮打,软的用抢刀抢,然后再用磨刀石磨。此外,有经验的磨刀匠还要懂得怎么开磨,既要磨得光亮,又要锋利。

所以,无论是磨剪子还是抢菜刀都是有讲究的,看似简单,实则是一项技术活。比如一把磨得好的刀,刀口是一条直线,刀口上面有一条黑线。否则刀不仅磨不光亮,而且还不锋利。相比较而言,磨剪刀更不是一件容易的事情,这是因为剪刀有四个刀面,磨的时候要注意上下左右的均匀,否则会导致刀面不合拢,使用起来不得力。剪刀磨好后,还要把剪刀的铆钉敲紧,然后用废布条来试剪一下,看看是否锋利。对于经验丰富的磨刀匠来说,看一眼就可以断定刀是不是磨到了火候。

在我的记忆里,经常光顾村子的是一位姓张的大爷,活非常的好,每次他来,身边都围满了人。每一次,无论活多活少,他都会胸有成竹地不紧不慢、不慌不忙地磨起来,那动作像是极富节奏的律诗。"磨剪子来——抢菜刀"是一项技术活,也是一项体力活,每次磨完之后,张大爷的额头上已是汗水津津。每当他把磨好的剪子与菜刀交还主人时,脸上的每一条皱纹里都蓄满了笑意。或许对他来说，让每一把生锈的剪刀或是菜刀重新变得锋利起来，就是一件了不起的事情。

　　光阴就在磨刀匠"呜哧呜哧"的磨刀声中，年复一年，不知不觉过去了。磨刀匠张大爷也慢慢老了，那悠长的带着方言的吆喝声，也渐渐地远去了。再后来，随着生活的日新月异，菜刀、剪刀也很少有人再去磨了，钝了、锈了，就换把新的。"磨剪子来——抢菜刀"这个一度极其平常却又与人们日常生活休戚相关的行当，也随之渐渐淡出人们的视线，并最后退出了历史的舞台，成为逝水流年里的一个带有美好回忆的符号。

　　时光如水，"磨剪子来——抢菜刀"这个曾经让我痴迷的声音远去了，可是于我来说，却是永久封存的记忆。每当想起时，眼前会浮现磨刀匠的身影，耳边会响起刘欢的《磨刀老头》："……不管生活变化怎么多，你的剪子菜刀还得磨，别看我已经有六十多，我还必须每天去吆吆喝，磨剪子来抢菜刀……"

甜蜜的杂货店

杂货店是乡村一道独特的存在,虽然规模不大,日常的油盐酱醋和生活必需品却都能买到,堪称是"百货公司",每天光临杂货店的人也是络绎不绝。对于孩子们来说,杂货店是甜蜜的,因为那里面有让他们眼馋不已的零食。在那个特别贫乏的童年时代,那些零食充溢着甜蜜温馨的回忆,能让我们咂出生活的香甜。

记得,村子里的杂货店有四五家,每家杂货店的商品也都差不多。我最常去的是离家不远的一家杂货店,店主是上了年纪的腿有些跛的张大爷。张大爷为人非常热情,没事的时候就坐在门口和别人聊天,所以在他的杂货店门前能听到许多来自外面的消息,让我小小的心灵充满了无穷的幻想。那时候的好多东西都是散装的,如酱油、白糖、饼干等等,每次去买的时候,张大爷的秤都高高的,有时候还会多给一块糖之类的,让我为之兴奋不已。

当时吸引我的零食有很多种,如酸梅粉、无花果丝、跳跳糖、唐僧肉、鱼皮花生等零食。酸梅粉是最有吸引力的一种小零食,火柴盒大小的袋子里装着白色的粉末。打开塑料袋,先找出那个小小的勺子，然后一勺一勺地往嘴里舀，一放进嘴里就化开了，酸酸甜甜的滋味立刻从舌尖萦绕开来，刺激到小小的味蕾，那种美好的感觉现在想想还会流口水。有的小伙伴心急，撕开包装袋、拿出小勺子后，一下子就把酸梅粉倒进嘴里，就像猪八戒吃人参果一样，结果就只能一边眼巴巴地看着其他小伙伴一勺一勺地吃，一边偷偷地咽口水。

　　对孩子们来说，吃酸梅粉是一种最快乐的享受。无论是男生还是女生，都喜欢吃，尤其是那连舌根都打颤的酸味，更是让人欲罢不能。每天放学的时候，小伙伴们就背起书包飞快地跑向小卖铺，拿出好不容易讨来的零花钱，买上一包或是两包酸梅粉。印象当中，谁若是一次能买上五包的酸梅粉，绝对会让大家另眼相看的。酸梅粉吸引人的不仅仅是味蕾的刺激，还有那一把把形态各异的小勺子。酸梅粉小勺的造型非常多，有各种各样兵器造型的，有历史人物造型的，有猫狗等小动物造型的，最多的是卡通动画造型，每一款都爱不释手。

　　除去酸梅粉，鱼皮花生和水果罐头也是很有吸引力的。鱼皮花生，我一直不明白它为什么叫这个名字，其实只是用兑了香料的面粉，裹了花生米炸熟，不过，味道是着实不错的，香香脆脆，嚼在嘴里嘎嘣作响。那时，几毛钱一小袋的鱼皮花生对我们来说是相当珍贵的，舍不得一下子吃完，要一粒一粒地慢慢享用，还要跟小伙伴一起，你一粒我一粒地分享，一袋鱼皮花生，能带给我们一个下午的幸福。

　　水果罐头也是我们永远向往的零食，可是不是随时都能吃到的，亲戚来往时，会带几瓶水果罐头互相赠送，家里的老人是舍不得吃的，大多成了我们腹中之物。有蜜橘、黄桃、苹果、山楂等，那清甜的滋味，对我们有着不可抗拒的诱惑力。还有就是，在我生病的时候，发烧了，上火了，不肯吃饭了，大人就会去杂货店买一瓶水果罐头，给我清火开胃，那清清凉凉的罐头汁水，滋润着我焦渴的喉咙，一瓶水果罐头下肚，原本躺在床上叽叽歪歪的小人儿，立马便精神抖擞起来了。

记得村里还有一家兼卖熟食的杂货店，品种也比较单一，无非是与猪有关的猪头肉、猪蹄子以及猪肝、猪肺、猪大肠等杂碎。可是那个是平时很难吃到的，只有家里来客人了，母亲才会让我去买上一些猪头肉之类的熟食。每次去的路上，我总会充满了幸福的想象，我会想起猪头肉在锅里弥漫出的那股诱人的香味。到了杂货店，掌柜的都会切下来一小块肉塞进我的嘴里，先让我解解馋。

乡村的杂货店虽小，却有着浓厚的人情味，由于顾客都是熟门熟户的乡里乡亲，老板和顾客之间的感情，来得特别熟稔、深厚、朴实。有些时候带的钱不够了，还可以赊账，大家有商有量，那是在超市里购物感受不到的愉快和温情。后来随着生活的日新月异，那些杂货店或旧貌换新颜，或面目全非，或不复存在。虽然货品的种类愈加齐全了，可是那份浓浓的人情味却消失了。因为此，那曾经的杂货店一直矗立在我的脑海里，那些过往的细节依然清晰如昨，依然无比生动。

现在回想起来，虽然儿时杂货店的零食品种比较单一，但依然甜蜜了我们当时的小日子。那些零食让我们记住的，不仅仅只是味道，更多的则是一些成长的印痕。掀开记忆的一角，童年的记忆如金子般灿然显现，似乎那些可口的美味重又席卷而来……

远去的裁缝铺子

衣食住行是人们最基本的生活需要,穿衣排在第一位,可见其重要性。于是,在那个少食缺穿的年代,裁缝铺子就应运而生了。即使这样,一年到头也不经常做衣裳,只有逢年过节的时候,母亲才会带着我们去裁缝铺子做几件像样的衣服,那可是一件无比开心的事情。

村子里的裁缝铺子都是家庭作坊式的,多是在沿路的地方打开一个门脸。记得第一次去时,我很好奇,眼睛四处瞅。铺子不大,一进门是一块又长又宽的木案板,高度与裁缝师傅的腹部齐高,案板上面摆放着剪刀、熨斗、尺子和画线用的粉笔等工具,同时摆放着半成品衣服、碎布头子以及别人送来的整整齐齐的布料。由于长时间的摩擦,木案板变得十分光滑,像是一件老旧的古董一样。

木案板的一旁是一台缝纫机,在那个年代,缝纫机可是稀罕物,和自行车、手表并称为"三大件"。母亲进屋之后就将布料放到案板上,在和裁缝师傅进行了简短的交流后,师傅就拿着尺子在我的身上量了起来,一边量,一边指挥我配合:"站直了,挺胸,昂头。"他那双手在我身上游走时是那样的轻松自如，就像是在弹琴一般，能发出快乐美妙的音符。对我来说，也是无比愉悦的，因为每交叉一次，就预示着我的新衣服又近了一点。

在他量的时候，母亲在一旁念叨着：放长一些，放松一些。可是师傅也不回话，一边量，一边在小本子上记。量好之后，才打趣母亲说："放心吧，至少穿上个三年不显短、不显窄。"母亲这才放心地笑了笑。就这样，在母亲和裁缝的合谋下，我就从来没穿过合身的新衣服。等到合身时，最少已经是两年过去了，新衣也变成了旧衣，也难怪母亲常念叨"新三年，旧三年，缝缝补补又三年"。从裁缝铺子回来后，就是漫长而焦急的等待了。没过两天，就会问母亲，衣服做好了吗？母亲总是笑着说，急什么！每次路过裁缝铺子的时候，我总会朝里面看了又看，想进去询问一番，但是又没有胆量。

每一次路过，裁缝师傅都是忙碌的，或是在给人量衣服，或是在裁剪布料，或是在缝纫机旁做衣服，尤其是缝纫机工作的"嗒嗒嗒"的声音，是那么的美妙，堪如天籁。有一天，无意中路过时，裁缝师傅突然叫住了我，说衣服做好了，让我拿回去。当时我高兴坏了，拿着衣服连蹦带跳地回家了。回到家里，赶紧试穿。穿上新衣服之后，真有一种站直了、挺胸、昂头的感觉，好像整个人的精气神都不一样了。

除去新做衣服，有时候一些需要缝缝补补的衣物也会拿去裁缝铺子。对此，裁缝师傅也是来者不拒，在缝纫机上来回两下就可以了。记得，当时母亲最大的心愿就是能有一台缝纫机。后来，随着生活条件的改善，家家户户几乎都有一台缝纫机，成为主妇们缝补日子的工具。在我的印象中，每当母亲坐在缝纫机前,她的脸上就会绽开幸福的微笑。她双脚踩在脚踏板上准备好,手轻轻地拨动一下机头上的轮子,脚就开始前一下后一下地蹬踏板,动作十分娴熟,挥洒自如。

时光流逝,世事变更,人们很少再去裁缝铺子做衣服,取而代之的是各式各样款式新颖的成衣了。最后,裁缝铺子彻底退出了乡村的舞台,和裁缝师傅一起成为历史。裁缝铺子虽然消失了,却给人留下了一份挥之不去的记忆。那份记忆,犹如一壶陈年的老酒,让人沉醉,让人经久不忘。

玩具箱里的光阴

  我的童年是在农村度过的,那时候物质相对匮乏,买不起金贵的玩具,可是孩子在游戏中的创造力和想象力却从没有缺少过,每个孩子都有一个玩具箱,都能捧出一大堆的宝贝来。虽然它们都没有靓丽的外衣,甚至可以说是十分的简陋,但正是因为有了它们的陪伴,我们才度过了幸福开心的童年,并且像野地里的小树粗粗壮壮、结结实实地成长起来了。那些带给我快乐的儿时玩具让我在岁月的流逝中魂牵梦萦,并且每每回想起来,便弹射出绚烂的光芒。
  那时候,孩子所拥有的玩具是亘古不变的老几样:毽子、跳绳、石头子、琉蛋、陀螺、弹弓等等,除了琉蛋需要花几分钱或者用废品从货郎那儿置换来,其余的都是不用花钱的。它们虽然制作都很简易,不像现在的玩具,大多有鲜艳的色彩、优美的造型、灵巧的结构,有的甚至还能发出美妙的乐声,但对我们却具有强大的吸引力,让我们玩得十分开心。每天背着书包去学校,那旧布书包里不单单有新奇的知识,还藏着一个快乐的童年,各式玩具都安身其间。对于我来说,它更像一个百宝箱。课间十分钟是它们展露才华的时刻,踢毽子、跳皮筋、丢沙包是女孩子玩的游戏，男孩子们多是推铁环、抽陀螺、打蜡子、弹琉蛋等，年年岁岁，乐此不疲。

弹琉蛋是男孩子的玩具，很便宜，玩之前要争先，不过不是像女孩子用手心手背决定，而是以一条线为基准，大家站一米线开外向线弹琉蛋，谁的琉蛋最靠近那条线谁便第一个出场。大致有两种玩法，一种是进洞，一种是击球，小小的玻璃珠子，在我们的手下似乎有了生命。摔方宝也是常玩的游戏，用废旧的烟纸叠成鼓鼓的四角形，或是三角形。一个人的方宝放在地上，另一个人用自己的方宝去摔，如果摔得地上的方宝翻转了过来，就算赢了，地上的方宝归赢家所有。这种游戏非常受男孩子的追捧，玩得上瘾者竟然连饭都顾不上吃，走在村巷里，随处可见两三个小孩子在噼里啪啦地摔方宝，因为太过用力，他们常常累得满头大汗，记得我的口袋里经常装满了赢来的五颜六色的方宝。

推铁环也是当年流行的玩法，器具很简单，一只铁环，一只铁钩子而已。不过，玩起来就不那么简单了，这是说玩得自如，进入佳境。一般玩法并不复杂，把铁环往地上一抛，在铁环滚动时，不失时机地用铁钩子卡住铁环，防止跑偏或是跌倒。在很长一段时间里，铁环与书包一样重要，书包放在课桌上，铁环就在课桌之下。上学来回的路上，课间活动的十分钟里，晚上放学之后，都是玩推铁环的时候。记得小时候玩推铁环，经常是几个小伙伴一起，在街巷里并肩急驰，就像一场小型比赛一样，风在耳边呼呼作响，那感觉棒极了。

打陀螺也是一项颇受男孩子喜欢的游戏，陀螺的制作稍微复杂些，材料要用棍样粗的木头，用刀子削成上圆底尖的圆锥形。这还不算，还要在尖底挖一个小洞，嵌进去一粒钢珠。那时候钢珠特难找，于是，经常看见小孩们到修车铺里去转悠，谁要是发现一颗钢珠子，会兴奋好久。陀螺做好了，鞭子就很容易了。打陀螺需要技巧，怎么样才能让那个底部尖尖的木头疙瘩乖乖地在地上飞速旋转，我花费了好长时间才算掌握了基本要领，手拿鞭子把陀螺一圈一圈绕起来，然后把缠好的陀螺放在地下，右手轻轻一扬，陀螺就飞离布条的缠绕，旋转起来。这时候要赶紧用鞭子一抽，这样陀螺便会旋转不止了，可是要想打得熟和得心应手则是需要一段时间的。

　　最简易的自制玩具是打蜡子和"摔炮"，打蜡子只要找一根拃把长略粗点的树枝，木质可不论，坚硬者为佳，像洋槐就是不错的选择，两端削成锥形，放在地上，两头自然翘起，然后，在截取尺余长的可手细木棍，做"敲棍"，一副玩具就这样大功告成了。时至今日，我都没想明白其名何来。此玩具，多人玩才有趣。玩的时候，置蜡子于地，用敲棍择其一端敲起，待其腾空的一瞬，挥起敲棍击打，令其向更远处飞行，若击不着，算你失败，以击远者为胜。

　　"摔炮"是一种玩泥巴的游戏，作为土生土长的孩子，始终离不开泥土。所以，信手拈来的土块、泥巴就是我们的玩具。常常约三两个伙伴来到池塘边，挖一些稀泥，掺一些土，揉来揉去，摔来摔去，就把这块泥巴摔熟了，然后做成窝头状，皮薄、空大，做好了，先吹一口气，铆足了劲往平地上一摔，会听到"砰"的一声，底儿炸了一个洞。洞越大越高兴，对方要按照洞的大小拿自己的泥巴补上，赢得泥巴越多越高兴。谁的炮要是没响，是要受到嘲笑的。飞溅的泥巴会弄得满头满脸都是，一边笑着，一边用脏手抹一把脸上的泥巴，又开始做下一个"炮"了，同时还比赛看谁摔得响。

　　时光荏苒，童年时代在不知不觉中就消逝了，可是那些美好的往事，就这样沉淀在岁月的回忆里。鲁迅先生曾说过"玩具是儿童的天使"，那些遗落在时光里的玩具，让我在一路风尘奔向未来的蹒跚步履中，蓦然回首的刹那，都有暗香浮动、温馨弥漫，它们也让我深深懂得了岁月是一种温存，会在你我的心中永驻。

老行当里的童年

在旧时的乡村，有许多与孩子有关的老行当，如捏面人、爆米花、吹糖人、糖贴塑等等，它们是童年难以泯灭的美好记忆。无论那些艺人走到哪里，都会吸引小孩子的目光，受到小孩子的喜爱。在那个资源较为匮乏的朴素岁月中，那些老行当的存在使我们的童年有了一种甜蜜的温馨。

糖贴塑是将糖熬制成糖稀，趁热时用小勺在大理石板上浇、洒、勾勒成图案，再用按、点、划等手法，做成各式各样的图形，用竹棍做柄，冷却后，持小铲子铲下即可。糖贴塑的制作工艺并不复杂，但糖稀的配料和熬制的火候要掌握好。熟练的艺人挥洒自如，转眼之间一幅图画就勾勒成了。这项工艺慢不得，慢了糖稀冷却就做不成了。糖贴塑的图形一般都采用写意的手法，不在形似而在传神，精妙处有画龙点睛之笔，使整个贴塑画栩栩如生。那生动传神的造型让人爱不释手，因其不仅可以作为引逗孩子的玩具，可以观赏，而且还可食用，所以备受孩子们的喜爱与欢迎。

吹糖人则是一种比糖贴塑更为奇特有趣的民间手艺，艺人能用嘴吹出各式各样的小人或是小动物来，比糖贴塑还要鲜活生动，从而也就更能吸引小孩子的目光。吹糖人艺人走村串巷多是敲着小铜锣,"当当"的锣声便是招揽孩子们的法宝。于是,锣声一响,孩童们便从家跑出来围着吹糖人艺人指指点点。这时候,小孩子会吵着向大人讨要几个钢镚儿,或在屋里找些废旧的塑料、牙膏皮,去向师傅买上或换上一个糖人。

吹糖人的师傅面前摆着一只旧木箱,里面燃着木屑的铁炉上放着熬糖稀的铁锅,锅里的糖稀是温热的。只见师傅抽出一根麦秸秆,用一头挑起一团糖稀,另一头放入口中,边吹气边用手拉,渐大渐成形,只片刻的功夫,一个个亦静亦动、妙不可言的糖人便活灵活现地呈现在我们的面前了,引得我们这些小孩们小嘴"啾啾"作响。由于糖人冷却后易碎,且见潮湿容易化掉,所以很难长期保存,但每次我都会小心翼翼地保存一段时间,直到实在不行了,才依依不舍地吃下去,那甜甜的味道都会让我回味很久。

此外,棉花糖也让我们感觉非常的神奇。师傅一边使劲转动手柄,一边用小勺或纸叉铲入一点糖粒,放在砂轮的孔洞里,随着轮子的快速旋转,糖粒慢慢被磨碎,粒与粒之间形成了黏丝,美丽的棉花就从铁丝网窜出来,师傅这时把一支细细的木签放进正在搅拌的砂轮上头,小心翼翼地旋转木签,让糖丝均匀地裹成一朵大小相宜的棉花,仿佛在编织一个梦,又有点像江湖玩魔术把式,围观的人多而杂,最多的是和我一样一直仰着脸、呆呆地望着的小孩子。在看完表演后,捏一毛硬币,换得一支雪白芳香的棉花糖出来。

不同性格的孩子,吃棉花糖的方法也不同,有的大口大口啃,有的轻轻抓一把放在嘴里,也有的抓下糖之后,先揉成一颗小糖球再吃。顽皮的男孩子喜欢先找出糖丝的源头,然后慢慢抽出来掏空吃，女孩则把棉花糖对准空中的太阳，在逆光下眯着眼睛看那晶透的光影，然后伸出舌头舔着糖丝，尽情地享受那份独有的香甜。我则喜欢从棉花糖的最下面吃起来，因为那样不至于把棉花破坏，这么美的棉花糖，多保留一刻也是好的。

让人期待的还有炸米花，当穿着黑色破袄、挑着宝葫芦一般黑黑的机器的师傅走进村子的时候，都用不着他亲自吆喝，只要一停在村头的大树下，架风箱、生火……首先瞥见的孩子便会满村满寨地狂喊："炸米花了，炸米花了！"家家户户的孩子仿佛得到统一号令般，自己动手，急急地到米缸抓米了，全然不顾随后而来的母亲的责骂。孩子们大大咧咧地将米袋随手一摆，算是排个队儿。只见炸炒米的老人将米装进黑葫芦，紧扇慢扇的，旺旺的炭火燃烧起来，就这么摇着摇着，而孩子们在炉旁蹦蹦跳跳。

不知哪个眼尖的孩子喊了声——"要炸了！"的确，那老人已将"黑葫芦"取下，将头套进一个米袋子，准备踩阀门了，女孩子捂着耳朵逃得远远的，吓得连眼睛都闭上了。男孩大多一边退着，一边逗能似的死死盯着老人的每一个动作。"嘭——"一声巨响过后，巨大的炒米香气散开了，所有孩子掀动鼻翼，贪婪地呼吸着。由此，孩子们期待中的幸福感如期而至，也被点燃、引爆、弥散开……

随着时光的流逝和生活水平的逐渐提高，那些童年里的老行当已逐渐淡出了人们的视野，只留存在人们的记忆之中了。现如今，只有在庙会活动中还能时不时地见到捏面人、糖贴塑、吹糖人的师傅。每每此时，那儿时的美好回忆便如春潮一样涨满我的心扉，慰藉着我的心灵。

【鸟虫为邻好做伴】

雀喧禾黍熟

麻雀是鸟类中的平民,它们习惯于迷恋乡村,它们是最能够与人一起和谐相处及同存共荣的一种飞翔动物。在人们的潜意识中,一看到鸟字,就立刻会想到麻雀的形象,体形较小、毛色灰土、鸣声短促的麻雀,成了跟鸡狗一样深入人们日常生活的动物。不论怎么回忆与印证,麻雀都是我最早认识的一种鸟,在与麻雀相处的宁静日子里,我快乐地成长。

麻雀习惯于守护而不习惯于远飞,一旦选择了一座村庄之后,它们就会乐此不疲地繁衍生息。它们在屋檐下或墙洞中安放自己的小巢,做巢的材料大多就地取材,比如在房前屋后叼些散落的鸡鸭鹅毛就可以了。事实上,麻雀可以反复使用一个巢窝而一代又一代地繁衍生息下去。即便是多年后的今天,在乡下老家的那些高低不一的墙洞中,每年的春天依旧有飞进飞出的忙碌的麻雀。

麻雀与家园有着密切的联系,它可以吞食残害庄稼的害虫,所以从古至今,人们一直视于墙头檐间做窝的麻雀为亲密的朋友们,古人就有"汝家饶朋侣,我家多鸟雀""柴门鸟雀噪,归客千里至""喷喷雀引雏,梢梢笋成竹。时物感人情,忆我故乡曲"的诗句。我小时候，则把它们当成了不可多得的小伙伴。父母到田间劳作时，我在寂静的院子里与一群前来凑热闹的麻雀可以快乐地度过一段美妙的时光。在平常的日子里，总会看见那些麻雀或待在屋顶上，或在天空中悠然飞翔，时间长了，这就成为我生活中的一个熟悉的场景，非常亲切。

麻雀喜欢在瓦楞、林间或搭在墙洞里的草窝里叽叽喳喳地歌唱，单一的音调不停歇地平衡着乡村生活的动与静。麻雀能在很短的时间内从一个路口抵达另一个路口，从一家的房顶抵达另一家的房顶，从一方树丛到另一方树丛。麻雀的叫声虽然很单一，但只要你认真倾听，你的心就会情不自禁地飞起来。那声音中透着细瓷的质感清脆地传递过来，记得看过这样一句诗"鸟声是树的花朵"，于是便幻想满树的叶子变成了满树的鸟，隔着暮霭，似乎能感觉到那鸟鸣在夜风中微微摇动。

在麻雀的啁啾声中，我对村庄有了一个诗意的构图，树荫丛里，国画般简约的村庄在熹微的白光中显现出模糊的轮廓，四周雾霭萦绕，看不出一切具体的具象，院子里的树枝叶间，成群的麻雀跳跃啁啾，细碎的鸣叫声催醒了昨晚贪玩迟睡的顽皮儿郎……

麻雀是快乐的，可我觉得麻雀总有一种与生俱来的悲哀，它总是希望与大地上的人类和谐相处。但小小的麻雀最容易招致人类各种各样的背叛，或者说最容易进入人类有意无意设置的一个个圈套。特别是在城镇的高楼不断占领乡村的今天，世代与乡村和谐相处的麻雀，已经普遍处于无枝可依、无屋可栖和无巢可安的尴尬状态，面对森林般生长的高楼，所有的麻雀都在节节败退。因此，我们不得不面对它们日渐减少的无情现实。每当我从一些被废弃的没有了人影的荒野村落，看见一群或是几只麻雀在墙头、屋顶茫然地啁啾时，一种难以自抑的伤感霎时涌上了心头。

我曾经固执地认为人与麻雀的语言是相通的，人们总能从麻雀的身影中享受穿行流云和雾霭的快乐，并从麻雀的鸣啭中听到关于自然的对话，倾听着它们所带来的云间的消息，既没有恩怨，也没有仇恨，只有浓浓的雾和微微的风，而这一切都只会化作生命的欢乐。人们和麻雀之间也有着共同的感悟，不需要更多的词语，就能轻易体会到生命与生命的交谈，欢乐与欢乐的交融。

麻雀给了我太多的启示，不管时间怎么改变，在我的脑子里都会有一群自由自在的麻雀，它们那纷纷扬扬的美丽身影和似幻似真的嘤嘤啼鸣，将永远照亮我的眼睛和内心，带给我一种久违的温情与感动，让我轻易地体会到生活的温馨与舒畅、轻松与安详、美妙与幸福。

燕逐故园春

燕子是一种美丽的鸟儿，它不仅有黑白分明的羽毛、剪刀似的双尾，而且还如迎春花一般被视为春来的象征。立春之后，当大地走出寂寞的寒冬，燕子便从南方赶来赞美春天。当它们带着喜悦的心情扇动翅膀，当它们自由的身影从天空掠过，那些关于燕子的记忆，又重新浮现在眼前，我仿佛回到了多年前孩童时与燕子守候的美好时光。

燕子是我从小就熟悉并且热爱的飞鸟，我想哪一个孩子都唱过"小燕子，穿花衣，年年春天来这里……"的儿歌。如果统计一下以"燕子"命名的女孩子的人数，一定会得到一个惊人的数字。可以说，没有任何一种飞鸟能像燕子这样与人们的生活发生如此密切的关系。"旧时王谢堂前燕，飞入寻常百姓家"，这种关系可谓渊源深远，并成为我们生活中最富有诗意的元素。

故乡的春天似乎来得特别早，人们还没从元宵节的热闹兴奋中完全回过神来，草木却已吐出了新芽。这时候，在南方潜伏了一整个冬季的燕子们便陆续回来了，它们"啁啾啁啾"地叫着，在低空中四处飞着，寻找可以筑巢的地方，有时候多到十余只，在前屋后屋的屋檐下旋转，整个屋院里顿时呈现出熙熙攘攘、热热闹闹的气氛，它们喜欢把巢筑在檐下或屋梁上，享受着人们的殷勤照拂。

乡村人家是很在意燕子的，把燕子在自己的房屋中筑巢、繁育看成是一件很喜庆的事儿。屋里添了一对喜气洋洋的燕子，心理上似乎平添了一份令人舒悦的吉祥气氛。燕子不仅仅是登堂入室的正式成员，而且非常的勤劳，每天早早出去觅食，帮助农家消灭害虫。所以，谁家燕子开始筑巢，谁家燕子哺出了新燕，谁家新燕开始试飞了，都是被孩子们热烈关注的大事。正像大人们谈论天气和年成一样，燕子的生活细节也被孩子们不厌其烦地谈论着。

"片片仙云来渡水，双双燕子共衔泥。"一群群春燕，往返穿梭于麦田的沟渠、河流的岸边，衔起一口口细细黏黏的泥土，飞到农家的屋檐下或者走廊里，然后一粒贴一粒，没多久，一个新的燕窝便出现在房梁上了。它们便开始在这个堪称伟大建筑的巢里生儿育女，繁衍下一代。燕子一般一次都生四五个，而喂养也是一次一只轮流来喂，正应了《诗经》里所说的"鸤鸠在桑，其子七兮"。

印象当中，每年春天都有燕子来我家堂屋的梁上筑巢，这巢家里人是从不让我们乱动的。打从记事起，这巢就在我家屋梁上安稳地坐着。那时候，我常常一个人坐在摆着乱七八糟农具的屋中，看它们给雏燕喂食。雏燕从巢中伸出头来，都一律张着红红的小嘴。小小的我充满好奇地注视着，燕子喂这些张着一样嘴巴的雏燕的顺序从未错过，谁也不能多吃，谁也不会被饿着。在孩子们童稚的心中，很难想象一个没有燕子呢喃的春天会是什么样子的。

　　自从进入城市以后，和燕子接触的机会就渐渐少了。似乎燕子对钢筋水泥的现代建筑怀有某种恐惧，我从未在这类建筑的上空看到燕子的身影，而它们也拒绝燕子的亲近，没有为燕子留下可以筑巢的小小空间。当偶尔经过树林、湖边，匆匆瞥见燕子忙碌的倩影时，我都会怀着惊喜的心情注视良久。有时我不禁在担心，不久的将来，燕子会从这个世上消失，我们再也欣赏不到它那在空中自由飞翔的优美的身姿了，那将是一件非常悲哀的事。

　　"燕子来时新社，梨花落后清明"，燕子是春的音符，在它清脆的旋律中，万物开始舞蹈。燕子也是春天的精灵，它让春天的一切在我的记忆里都生机盎然，所有的灰尘都在燕翅的抖动下纷纷而落，所有的角落都焕然生色，所有的欢乐都在我心中四处荡漾。"年年此时燕归来"，燕子是我永远的朋友。

翩翩白鹭飞

白鹭是乡村最美丽的鸟儿,栖则神态娴雅,飞则直冲云天,似一朵朵雪绒花在天际间自由而快乐地飞舞。它像天地间一串动听的音符,在我们绷紧的生命之弦上愉悦地弹奏。从我看到它的第一眼,它就深深地吸引了我,因为它优雅轻盈的举止和旁若无人的神态,虽驻足于尘世,却未染一点尘世的污浊……

白鹭喜欢栖息于稻田、沼泽、池塘间,以及海岸浅滩的树林里,好食小鱼、蛙、虾等水生动物。老家在古黄河边,河塘水洼比较多,再加上植被茂盛,所以经常可以看见白鹭的身影。白鹭可谓是天生丽质,就像一首韵在骨子里的诗,无论是色素的配合,还是身段的大小,都很适宜。特别是那雪白的蓑毛、流线型的结构、铁色的长喙,更是令人感叹。"鹭,水鸟也。林栖水食,群飞成序,洁白如雪,颈细而长,脚青善翘,高尺余,解趾短尾,喙长三寸,顶有长毛十数茎。"

白鹭的眼睛最美,狭长如一叶含羞草,而瞳仁却滚圆晶亮,婴儿般单纯无邪,然而转瞬间,它的瞳仁会蒙上一层透明的虹膜,此刻如果它定睛不动,便给人深不可测的印象,恰如智者、哲人陷入沉思。悄然独立是白鹭最美的姿态,单腿落地，另一条腿九十度弯折，四只带蹼的趾爪收缩如拳，两眼微闭，长颈弯曲朝后，白色的头枕在纯白的背羽上，久久凝然不动……这姿态透出超凡脱俗、遗世独立的神韵，这神韵令人心弦颤动，使人顿悟了人生以及生命的内在奥秘。

如精灵般美丽的白鹭是同人类比较亲近的水禽，黄昏的空中，偶见它们在村子上空低飞，那是乡居生活的一种恩惠。记得有一段时间，我在离家不远处的水塘，发现了白鹭的身影。一只又一只的白鹭从天外飞来，在如镜的水面上，汲水而舞，轻歌萦绕，倩影婆娑，如同一群大地的精灵，将一池碧水，演绎出温馨的风情。从此，无论是早晨，还是黄昏，去水塘看白鹭就成了一件雷打不动的事情。那段日子，对我来说是幸福无比的。

面对这么多的白鹭，我的内心起了极大的震撼，清冽的欣喜溢满了心胸。它们时或静静步行，时或如智者般屹立水际，时或飞临小树的绝顶，时或展翅飞翔迂缓，姿势十分的随意自然，神态也异常闲适。它们的起起落落，总是把我带入辽阔蔚蓝的天空，带入青翠的森林，带入幽青的山谷。它们让我的想象沉静，让我的想象插上翅膀跟随它们一起飞翔，让我的心灵不再与世俗同荒，我就那样看着它们起落飞翔，心灵沉醉在一种美妙的意境中。

后来上中学后，才发现白鹭这种闲淡幽逸的鸟儿，还有着许多的别名，如"因其所好洁白，谓之白鸟"。再如"因其步于浅水，好自低昂，如春如锄之状，故曰春锄"。宋代的李昉曾畜养于园，名之为"雪客"。此外，也读到了许多和白鹭有关的诗歌，它们都满含着清幽淡逸的风趣和显豁明畅的意境，如李白的"白鹭下秋水，孤飞如坠霜"，陆游的"雪衣飞去莫匆匆，小住滩前伴钩篷"，如欧阳修的"风格孤高尘外物，性情闲暇水边身"等等。每次读到这些诗歌的时候，我的脑海里总会浮现白鹭的身影。

在我看来，无论是它冰清玉洁的羽毛和修长秀雅的姿态，还是它自然娴静的举动和青山绿水的生活，都给人一种苍松明月、秋水斜阳的雅致恬淡。可是，由于人类对环境的侵占和破坏，好多的河塘被渐渐地污染了，最后消失在大地之上。白鹭的生存空间也因此日益缩小，并且渐渐地退出了人们的视线。以至于白鹭的身影只存在于诗歌中，存在于图画里。

岁月的风霜不时打在脸上，在人生的旅程中日复一日赶路的同时，对大自然的向往永远沉浸在每个人的心底，一片天籁般的鸟鸣，一片温馨的涟漪，都会带给人们无边的感动，留下心灵深处无瑕的记忆。无论日子如何像流沙一样匆匆流走，人们对美的感觉却永远不会像这样流逝，我都永远期待天空中有一群白鹭无声地飞过。因为白鹭飞翔的方向，是我极目眺望的远方。

爱上乌鸦

乌鸦是一种奇异而且寂寞的鸟，因其穿一身黑礼服、意象不佳而被人们另眼相看。乌鸦在老家俗称"老鸹"。记得小时候，这种黑色的鸟儿在老家是很常见的，特别是在秋冬时节，它们常常成千上万地盘旋高空、遮天蔽日，那啼鸣奇异苍茫，令人久久难以忘却。到了夜晚，村子外的树木上就落满了这些黑色的精灵，它们就这样沉积于我的记忆中无法抹去。

乌鸦虽是一种常见的鸟儿，也是一种不受欢迎的鸟儿，它的出现总让人产生不祥的预感，据说它的叫声里含有一种诅咒的力量，被认为与死亡有关，所以它又被人看成是报丧之鸟。可是事实上，乌鸦的叫声与人的生死并无关系。只是它们喜欢吃腐败的尸体，所以常常聚集在垂死生物的旁边，正如《辞海》上所说的："乌鸦，鸟纲，体型大，羽毛大多单纯，喙及足都强壮，鼻孔常被鼻须，多巢于高树，杂食谷类果实、昆虫、鸟卵以及腐败的尸体。"

可能因为此，人们便将它们的叫声与死亡联系到一起，这是一种迷信的说法。在民间也一直流传着"喜鹊报喜，乌鸦报丧"和"乌鸦噪，祸来到"的说法。所以，小时候跟着母亲去山上或是林子里，时常能看到乌鸦时起时落的身影，母亲一见到它们，便将头一扭，"啊——呸！"一声，使劲朝旁边吐一口唾沫，然后回过头来，吩咐我："你也吐口唾沫，把晦气吐吐掉！"于是，我也跟着大声吐一口唾沫，仿佛身上的晦气真的吐掉了似的，有时甚至还会扔块石头上去，于是呱哇一声，乌鸦突然飞走，停在更远的寒枝上。

随着时光的流逝，我对乌鸦的印象和看法却没有改变。直到有一次去沈阳的故宫，那是日暮时分，夕阳的余晖在古老皇宫的金黄色屋脊上闪耀。故宫里只有稀稀疏疏的游人，几乎听不见人声。突然天上传来乌鸦的鸣叫，开始只是一声两声，孤独而嘹亮，黑色的翅膀划过彩色的屋檐，消失在屋脊背后，紧接着无数乌鸦从四面八方飞来，密密麻麻停满了故宫高高低低大大小小的屋顶，乌鸦的鸣叫把寂静的故宫弄得一片喧闹。这是令人心惊的景象，仿佛是古老宫殿中的幽灵们在这里聚会，黑压压闪动在天地之间。

从此之后，乌鸦的身影一直在我的脑海中闪现。后来在一次去云南的旅行中，我不仅彻底地了解了乌鸦，改变了对它们一贯的看法，并且开始爱上了这种浑身上下黑漆漆的鸟类。一路上走来，我遇见过好多的乌鸦，它们在天空自由地飞翔，当地的人们则对着它们微笑，并且撒下一粒粒的谷子，供它们食用。特别是在香格里拉寒冷、圣洁的高原上，乌鸦更是受到了敬重、爱戴和崇拜，墙壁上、屋檐下，到处都可以看到它的画像，人们对它敬若神明。

当时，我很纳闷为什么乌鸦在这里会享有这样高的礼遇，原来乌鸦在当地不仅是一种吉祥的鸟，而且它的忠孝也让人感动，李时珍曾在《本草纲目·禽部》中记录下它的忠孝之举："慈乌，此鸟初生，母哺六十日，长则反哺六十日。"乌鸦到了年老体衰的时候，它的后代们就会精心呵护，不离不弃，到处找食物给父母，而且会把食物给弄得很可口，像人类吐哺以养育子女一样，这就是乌鸦的"反哺慈亲"。一路上，我沉默不语，除了看风景，就是想着乌鸦的一些事情，想着它的反哺之举，也想着曾经对它的误解。

乌鸦反哺是大自然中罕见的现象，也是值得人类学习的美德，我也因此彻彻底底爱上了这种懂得报恩父母的黑色大鸟。可是，能看到乌鸦的机会却很少了，哪怕是在乡村，人们对乌鸦的概念也已经很模糊了。对于那些孩子们来说，要靠书本和电视才能认识乌鸦这种鸟儿。其实人何尝不是一只只乌鸦，每天辛劳地觅食，有时还要遭受别人的误解和一些不必要的排斥与打击。我觉得我们应该抛去对它的偏见，并向它们学习反哺之爱，与此同时也祝愿它们能长久地飞在风里。

在一个初冬的黄昏，晚饭后我站在城郊的阳台上眺望，天地间只剩下最后一抹夕阳，远处寂静无声，仿佛这个城市已提前入眠。忽然，"哇"的一声，一只黑色的鸟突然飞起，是乌鸦，我不禁心中一寒，刹那间，一种久违的感觉迅速涌上心头，记忆中的一群群乌鸦开始在眼前翻飞。

风中的鸽子

鸽子是一种俊美的鸟儿,它体态优美,两只眼睛炯炯有神,站立时姿势挺拔,羽毛紧凑漂亮,飞起来呼呼作响,让人顿生怜爱。我喜欢鸽子,飞翔在蓝天里的鸽子,就像天边的朵朵白云,平静祥和而又秀美漂亮。每当鸽子抖动着白色或银色的双翼划过我的视野,我的目光马上会从游离的状态中定格为一种追随,我的心也会随着鸽哨声飘然而动,上下起舞,留下的是许久抹不去的深深回响,思绪也会情不自禁地回到鸽子相伴的时光。

我第一次养鸽子,是在十岁左右的年纪,一位远房亲戚送给我的生日礼物。当我看到小纸箱里六只可爱的小灰鸽,转着圆溜溜的黑眼睛怯怯地望着我时,我竟然有点手足无措,不知道该用什么方式欢迎它们好了。我找来了木棍、木板、铁丝还有纸盒,做了一个粪便可以漏到下边的简易鸟箱,这就算给小精灵们安了家。从此,放学后照顾鸽子成了我的一件大事,喂食、饮水、洗毛、清理鸽笼……做得一丝不苟,一天天看着它们长大,以前稀稀拉拉的绒毛慢慢变密,红红的嫩肉也渐渐隐在了身体里面。

鸽子慢慢长大了，身体一天天结实起来，体态修长丰满，羽毛油光发亮，泛着荧荧的彩虹的光芒。和普通鸟类一样，雄鸽一般要比雌鸽大些，颈羽间有金属光泽，在阳光下闪闪发亮。闲暇时它们互相梳理羽毛，休息时交颈缠绕，孵化时轮流值班，育雏时尽职尽责。每天早上，鸽子从窝里飞出，遮天蔽日、煞是好看；鸽子在我家的上空，上下翻飞，左右盘旋，给人以惊喜、新奇的体验。鸽子落下来，呼呼啦啦老大的一片，它们与小鸡争食，与小猫儿斗险，平添了家里的热闹，让空虚沉寂的院落着实增添了不少生机与活力。附近邻里的小朋友，用充满羡慕的目光，看着那天上飞过的精灵，让我感到骄傲，在朋友面前露脸。

快乐日子总是在不经意间从指间溜走，我和鸽子们的快乐记忆是那样的短暂，就如倏尔一闪的流光，转眼成为过去。也许是在天空自由翱翔的情结作祟，搬到城里生活之后，我曾想着养鸽子，但由于种种原因一直未能实现。当女儿三岁的时候，一位朋友送了小女一对雪白的信鸽。这样两个纯洁的小生灵，让我再次领略到人鸟之间的和谐之妙：相互赏悦、亲密相处、从不设防。每天清晨，东方刚微露晨曦，我们全家还沉浸在睡梦中，鸽子就"咕咕"直叫，催人起床。一拉开阳台的窗子，它们就争先恐后扑啦啦地飞来了，在阳台外搭建的篷架上蹦来跳去，呢呢咕咕，很兴奋的样子。

鸽子的食物很简单，玉米、秫秫（高粱）、小麦等混杂放在一起就可以，饲料放在小碗里，任它们随意啄食，常常会引来一群灰秃秃的麻雀和它们共享。女儿喜欢将饲料颗粒放在掌心，让它们啄食，不时发出快乐的大笑。闲来无事，我也伸开手臂，亮出掌心，学着女儿这样喂食，它们也就大大方方地过来，尖尖的喙一下一下地啄着手心，麻酥酥地痒，让人忍不住地想笑，一不小心就笑出了声。它们就突然停下来，偏着脑袋，瞪着圆圆的小眼睛，盯着人瞧，那神态，像疑惑，似不解，憨厚可爱。它们让我体悟到在平和生命里消磨人生的乐趣，在平静岁月中时光默默流逝的快感。

　　有鸽子的日子是温馨的，有鸽子的日子是快乐的。看着它们流动的身影划过城市的上空，当追随的目光随着鸽影融于无垠的蓝天，心底便好似生出了飞翔的翅膀，在碧海云天里逍遥神游了。我知道，我的心灵深处永远都飞舞着鸽子的身影，当我走过人生一个又一个的早晨和黄昏，当我陷入某种无端的无聊和孤独的时候，它们便会从心底飞出，淤积着岁月尘埃的胸脯里便透过一股活风，获得一份平静与祥和。

布谷声声

在乡村，布谷鸟是绝对受到人们优待、惹人怜爱的鸟。它的体形大小和鸽子相仿，但较细长，上体暗灰色，腹部布满了横斑，飞行急速无声。淳朴的乡下农人将布谷鸟看作是一种提醒农时、催生丰收的吉祥之鸟，并且祈祷在紧要的农事时节，它的叫声能够更欢畅些、紧凑些，这样，当年的庄稼丰收就大有希望了。

我对布谷鸟有着一种别样的情愫，并且这份情愫自小就开始滋生了。那时候住在乡下，天清气爽、鸟鸣虫啁，除了赏心悦目地看云卷云舒，兴致勃勃地盯蚂蚁搬家，最大的趣事莫过于聆听布谷鸟的吟唱了。立夏过后，基本上昼夜都能听到它那高一声低一声、远一声近一声的叫声——"布谷布谷，布谷布谷"。在薄雾笼罩的清晨、旭日当空的正午、晚霞如织的黄昏，布谷鸟那清脆、激昂、悦耳的鸣叫，和着谷雨的气息，适时地扑面而来，催人奋进，不经意的几声清音，如沐天籁，如聆梵音，那种酣畅淋漓，叫人终生难忘。

记得那时，只要一听到布谷鸟的叫声，我总会莫名地欢快和兴奋，精神倏然地为之一振，全身带劲，往往会丢了手中的活计，堂前屋后、漫山遍野地觅寻，只为一睹它的尊容，但这种美妙的事情通常是不可得的，就在我上气不接下气奋力地奔跑与追寻中，布谷鸟早已受了惊吓，掠了翅膀，闪过头顶，飞过山梁，匿了踪影。年少的我难过得想要哭出来，但不多时，在远处的山冈树梢之颠，又会传来那洪亮的"布谷布谷"之声，我委屈的心灵才算多少有了一丝慰藉。

布谷鸟的别名不少，如杜鹃、子归鸟，且每一种别名都与一个寓意深刻的传奇故事相关联。相传古代的一位帝王，因羞愧于自己的德才，只在闭塞的蜀中盘踞着一片天地，最后，这个无所作为的帝王化作子规鸟，飞升而去，如是，它才总是唱着"不如归去"，唱着它失去的一切，更唱着它永远向往着的一切。杜鹃啼血的典故，说的是这种鸟为了唤醒春天的土地、河流、花草，以至于啼出血来，那一缕缕血丝在歌声中飘向每一个角落，所以又有杜鹃花的颜色是杜鹃鸟啼血染成之说。"杜鹃花与鸟，怨艳两何赊。疑是口中血，滴成枝上花。"

可能是因为此，布谷鸟虽然长得不漂亮，但是却深受人们的喜爱，并且每个人会根据自己心境的不同，把叫声也演绎得有所不同。对于祖祖辈辈同泥土打交道的农人来说，总认为它的叫声是在督促人们"下地干活，下地干活"。在我看来，布谷鸟的叫声不仅代表着一个忙种忙收的节令，也代表着某种离别、相思的幽怨。那叫声古老又苍凉，并且带着一种亘古的凄美，就像据李时珍所说的一样："春暮即啼，夜啼达旦，鸣必向北，至夏尤甚，昼夜不止，其声哀切。田家候之，以兴农事。"

随着生态环境的破坏，鸟儿也在逐年减少，别说布谷鸟了，就是一般的鸟儿也很难见到了,聆听鸟鸣仿佛也是一种莫大的奢望。一天凌晨醒来,躺在床上胡思乱想,突然寂静中传来"布谷布谷"的鸟鸣,仿佛极其遥远却又极其清晰,极其切近却又极其轻柔,那抑扬顿挫的天籁般的音节让我为之一惊,迷惘中,不知自己的耳朵是否出现了幻觉,盼望着它再来一次,果然又来了,这一声比刚才更加清晰、更加切近,好像就发自我的窗外。

刹那间,一种异样的情感袭上心头,我就像一个忠实的麦田里的守望者,坐在夜色里聆听布谷鸟悦耳的叫声。能再次意外地听到布谷鸟的啼叫,真是一件难得的幸事。窗外是浓浓的夜,天空如墨,看不见鸟儿的身影,只听见它的声音渐渐远去,最后融入朦胧的夜色不可寻,然而那啼声却给了我无限的慰藉,凝眸处不再是钢筋水泥的城市,而是无尽的原野。那声音给我俗世污浊的心带来一阵清凉,听惯了车水马龙声音的我乍听这熟悉的叫声,竟让我恍惚得不知今夕是何年,仿佛回到了阔别许久的家乡,眼前是火红的榴花、黄灿灿的杏儿、随风翻滚的麦浪、嫩绿嫩绿的稻秧……

不论时光怎么流转,我对布谷鸟的喜爱都不会改变。记忆中那些有布谷鸟相伴的日子,总是无限美好的日子,而"布谷布谷"的啼声俨然是那最受听的旋律,它会不时悠悠扬扬地响起,让我用心去倾听大自然、去倾听绿色的世界。

鹰击长空

鹰是梭巡在天空深处的高傲的飞禽，也是乡村的稀客。每当有鹰飞过时，无论是大人还是小孩，都会停下手中的事情，仰着脸看半天，直到它消失在天的尽头。

老家在故黄河畔，有山峦、有平原，也给鹰提供了生长的空间。小时候，对鹰有一种毫无理由的喜爱与痴迷。所以一有时间，就喜欢走上山坡，或是坐在田埂上，仰望蓝天，期待有一种鹰从眼前飞过。运气好时，会看见一两只盘旋飞翔的鹰，有的在山坡上盘旋，有的在村庄的上空飞翔。它们像一粒种子那么大的黑点，穿过寂寞的白光，落到翻耕过的土地上，或是落在高高的树梢上，寻找猎物。

在我看来，鹰不仅是空中的王者，也是鸟类中姿态最美、飞翔最有力的鸟儿。无论是在高空飞翔，还是在低空滑翔，它总是把最美的姿态展现给你。它那两只硕大的翅膀，让它可以在空中随心所欲地飞翔，可以肆无忌惮地捕捉猎物。如果遇到猎物时，鹰就像是一支激射的箭矢，"嗖"的一下冲向地面。等到你再看它时，它已经再次腾空而起，鹰爪上却挂着一只正在挣扎的猎物。在我的记忆里，最惊心动魄的是鹰抓野兔。

我不止一次地看到过鹰与野兔的殊死搏杀，看得我心惊胆寒。

村子里的人是不喜欢鹰的，因为鹰总是在趁他们不备的时候，叼走一只鸡或是鸭。所以，谁家的鸡鸭要是丢了，都会怀疑是被鹰叼走了，并诅咒可恶的鹰。我曾经亲眼见过一只鹰叼走鸡的情形，它停在一棵高大的梧桐树上，先是选中地上的美味，然后小心翼翼地环顾四周，看到没有什么危险，然后腾空而起，冲向猎物。在一阵鸡飞狗叫中，只见它抓起一只鸡飞走了。看着鹰抓鸡的情形，我发现老鹰捉小鸡的游戏是另外一回事，母亲哪有保护小鸡的能力，无非是一种母爱的表现吧。

后来随着年龄的增长，好多事情都变得模糊了，可是我对鹰的印象却清晰如昨。有一次去内蒙古的科尔沁草原，在那里我真正见到了翱翔天宇的鹰，那情景很是壮观，让我为之心动不已。当时，我躺在散发着诱人气味的草地上仰望蓝天和白云。突然，一只鹰盘旋着进入我的视野。它不厌其烦地一圈一圈地用整个身子在天空里划出一个又一个黑色的圆，美丽而优雅。由于它总是在高空盘旋，我只能看到它的双翅完全张开不动，忽而俯冲，忽而上升，矫健的身影沉着而又潇洒地描绘在深蓝色的天空，抚摩着片片洁白的云朵。

在后来的日子里，我时常会见到翱翔的鹰。它们尽力张开那宽大的翅膀，背负着天空，紧紧地擦着天上的蔚蓝色，自由自在地飞翔，俯视着大地上的所有铺张着的生命的行与坐、爱与憎、歌与泣。鹰是草原牧人心中的天使，在他们看来，鹰的生命过程就是一句暗藏禅机的佛语，就是超脱了生死轮回的灵魂漫步。所以在鹰的启示下，他们对亡人选择了天葬。我在草原上曾经参加过一个陌生人的葬礼。一座白塔耸立在山冈，在一道道经幡的簇拥下，状若含苞欲放的白莲。塔边几个僧侣用柏枝煨放的烟已袅袅飘起，用鹰笛吹奏的嘹亮的曲子好像穿过了层层的岩石和悠悠的岁月，鸣响成时空中唯一的声音。

循声遥望，天际里已有几只鹰款款而来。随着笛声，鹰缓缓滑落，于是一个人的尸骨与灵魂便随着鹰的翅膀开始飞翔。一开始它飞得很低很低，就像一支低低吹奏的乐曲，然后又一圈一圈地盘旋着越飞越高、越飞越远，渐渐地就只剩下一个黑点，最后融入天空，又在另一片天空里聆听着灵魂的呼唤。倘若你在草原上，看见几只或翔集的群鹰，那肯定是在赶赴一次生命的盛宴，那里肯定也会有生命得到解脱。它们总是这样跳着黑色的舞蹈，为每一个残忍或伤悲的故事划上一个美丽的句号，让一切就此结束，又就此开始，而这无休无止的结束和开始便是我们生命的繁衍与轮回。

再后来，我曾细细地端详过一只鹰，那是一只躺在笼子里、濒临死亡的鹰。那在高空中自由飞翔的一对硕大无比的翅膀，此刻毫无生气地瘫作一团，尖锐的爪子弯缩着，仿佛发出痉挛之声。眼睛睁得大大的，迅疾而威严的目光里埋着深深的遗憾和不甘。那一刻，我的心隐隐作痛，我怎么也不能把它同那个像一个谜团在高空的光线里闪烁的鹰联系在一起。因为我始终认为鹰在天空中的飞翔，积攒着山的茂密、水的温暖、路的陡峭、草的肥硕、花的娇艳、雪的寒冷、梦的苍茫，它让一双双沉默如夜的眸光呼吸沉重，它让匆匆而来又匆匆离去的人体会到翱翔的印象，它让我们在羽毛和阳光的路途上发现大自然的精灵，看到大地上永不变形的灵魂之舞。

没有鹰飞的天空是寂寞的天空，没有激情的心灵只会感到生活的迷茫。鹰给了我太多的崇高的启示，它的翅膀总是在天空中不停地飞翔，让大地永远在它的脚下无边无际地延伸，让天空永远在它的翅膀尖上无始无终地浩荡。不管时间怎么改变，在我的心中都会有一只飞翔在天空中的鹰，那高远的姿势将永远照亮我的眼睛和内心，我将在它的陪伴下在人生的道路上不停地行走，直至生命的终点。

飘逝的虫谣

小时候，对于生活在乡下的孩子来说，玩具是遥不可及的，但有些虫子和虫谣却丰富了我们的童年生活。它们使单调枯燥的乏味生活，变得生动、鲜活、灿烂、有趣，并拥有了一份与自然万物交流、接触、对话的趣味。多少年过去了，我仍眷恋着伴随我成长的虫子们和那些与之有关的歌谣，怀念它们给我带来的终生难忘的乐趣。

那些极具情趣、生动活泼、朗朗上口的虫谣，不知源于何时，也没有人推问它的来历，反正，自打我会捉虫子时便会唱了。记得，我们经常耍的游戏是逗蚂蚁，随便在哪里找个虫子，或用竹片割段蚯蚓，放在蚁穴附近，嘴里就念叨着"小蚂蚁，身体小，力量大，请你来把大山搬，大的不来小的来，吹吹打打一起来"。不一会儿，那些黄色的小家伙就乖乖地出洞了，它们一个挨着一个，排着长长的队伍过来了，硬是把比它们身体大好多倍的虫子，慢慢地移到了洞口，而我们则会蹲在旁边，玩上老半天。

除了蚂蚁之外，蚂蚱也是一种常玩的虫子。一有时间，就和几个小伙伴去和它们捉迷藏！蚂蚱机灵得很，你需要与它斗智斗勇，蹑手蹑脚，眼疾手快，还要有足够的耐心才行。最容易捉的是一种叫"老扁担"的蚂蚱，它的大腿长，以绿色和土褐色居多。当捉住它时，我们就会用大拇指和食指轻轻捏住它的细细长长的小腿唱道："老扁担，老扁担，你挑水，我馇粥。"那小东西就像听懂了似的，身体开始前后一摇一晃地应和，好玩极了。我们玩够了，多半会将它们放生，看着它们一跳一跳地消失在草丛中。有时则会放在火上烤着吃，烤熟的"老扁担"不仅色泽金黄，而且味道十分鲜美。

玩虫子是不受时间限制的，即使在阴雨天气里，我们也不会闲着。这时，乡村的场园里、草滩中就有了蜻蜓的影子，它们或游飞于芦苇叶上，或栖息于树枝篱笆上，或在空旷的场地上成群结队地飞翔。每每此时，我们便会抱起一把大扫帚，迎着它们一通横扫乱打，每每捡起撞晕了头的蜻蜓，就是一阵狂欢，就会发出银铃般的笑声。这时，我们会在蜻蜓的尾巴处系上一条红线，再放飞它，一边跟着它跑，一边还唱着："大蜻蜓，绿眼睛，一对眼睛亮晶晶，飞一飞，停一停，飞来飞去捉蚊蝇。"

而在阴雨连绵的天气里，平常深居简出的蜗牛也都爬了出来，只见它们背着带有螺旋花纹的壳，伸着两个小小的角缓缓地移动着，很是好玩。这时候，用草根一戳它的触角，它会立即将细腻的头角缩进圆圆的壳里一动不动。你要沉得住气，一遍遍轻轻地叫着："来吧，来吧，牛牛，先出角角，后出头头。"多数蜗牛会经不住这种毫无敌意的呼唤，它先从壳里试探性地伸出肉角，然后才挤出浅黄色的软体，继续往前爬行。在它身后总留下一道明显的汗痕，这些黏糊糊的痕迹刺激着我们的情绪，一遍又一遍地重复唱着，玩得忘我而着迷。

得到虫谣的还有螳螂、蛐蛐、磕头虫、吊死鬼等虫子，俗名为花大姐的七星瓢虫是比较少见的，捉到之后，我们看够了它那美丽的样子后，就把它放在手掌心，唱着："花大姐，花大姐，你家着火了。"反复唱几次，它就像听懂了似的，多半就飞走了，我们注视它远去的身影，好像它真的回家救火去了。但赋予歌谣的虫子多是无危险的虫子，如蝎子、蜈蚣、蚰蜒这些毒虫，则无此幸运了。

一个有虫子相伴的童年是无比幸福的，可是随着社会的进步，虫子和虫谣渐渐地飘逝远去，取而代之的是芭比娃娃、变形金刚，但对于我来说，那些虫谣依然固守在一个角落，总是在不经意间，从记忆深处冒出来，那咿咿呀呀的童声，仿佛还回荡在耳畔——清脆、鲜灵，用一种久违了的纯真，提醒我曾经走过的青葱岁月，让我在忙忙碌碌中，不忘生活的温馨和浪漫，不忘重温童年的美好。

喓喓蝉鸣声

每个人在儿童时代,都会对昆虫产生浓厚的兴趣。我记得,小时候曾亲手捉过蝉、蜻蜓、蝴蝶、蚂蚱、萤火虫等小昆虫,这些小小的生物,给我们带来了大大的乐趣。特别是那些洪亮而空灵的蝉鸣,或短促利索,或清丽悠扬,仿佛是在进行一场盛大的比赛,全都亮开了嗓子,拼命地歌唱着,此起彼伏,经久不衰,沉醉在不为我们所知的世界里,把时间和空间都拓展得无边无垠。

蝉是自然界中弱小的生命体,朝饮甘露,暮咽高枝,夏生秋亡,在苍茫宇宙中,如同尘埃那么的渺小,显得微不足道。但是这个从蛰伏的泥土中挣扎出来的小生物却博得了人们的喜爱,"生随春冰薄,质与秋尘轻。端绥挹霄液,飞音承露清""垂缕饮清露,流响出疏桐,居高声自远,非是藉秋风"等都是对它的赞美。它喜欢旁若无人地栖息在枝头,餐风饮露、放声歌唱,那飞向天空的鸣唱,宛若清凉的水波唤醒了所有关于生命的意义,那装满秘密的歌声像喊了号子一样同时袭来,一下子就把身处夏日的人们完全包围、陷没。

那时候,我不明白蝉为什么要那么不要命地歌唱。长大了才知道蝉的一生绝大部分时间要在黑暗中度过，只有半个月左右的时间能在阳光下歌唱。等它完成了繁衍下一代的任务后，便终止了生命。有的蝉会在地下过五年、七年甚至达十几年之久，并需要经历四次的蜕皮，才能钻出地面尽情地歌唱。它尽情地歌唱并不是炫耀自己的歌喉，而是雄蝉在求偶，目的还是为了生命和种族的延续。这令我大吃一惊，因为我从来没有想过蝉的生存会如此的短暂和艰难。我觉得自己的身心正被一种莫名其妙的感动一阵阵地冲击着，好像一种生命的再启动，有一种良心的觉醒，一时间我仿佛走进了蝉的世界，看到了蝉不为人知的喜怒哀乐，并沉浸在这种深深的触动之中。

　　蝉在泥土中是寂寞的，它不知哪一天才能发生质的飞跃，也不知哪一天才能在一个适宜的季节乘势而出，可以说蝉的一生就是为了生命的尊严而在黑暗中忍辱负重的一生。它那一次次痛苦的蜕变，为的就是有一个坚硬的躯壳钻出地面，而钻出地面后的歌唱又是为了繁衍，随后死，生命的意义在蝉这里变得如此的简单而直接。我想，蝉这样简单而艰难地重复生命的历程，或许快乐的意义就蕴含在表面上看来匪夷所思的过程之中，至于结果倒显得不太重要了。

　　当蝉默默地潜伏在黑暗中达五年、七年甚至十几年之时，它无法预料是不是能有见到阳光放声歌唱的一天，生命的意外是随时都会来到的。但它显然把这种变数也看成了生命的一部分，因而也就坦然了，也就没有理由不放声歌唱了。所以，它一旦从壳中飞出，便要清脆欢愉地歌唱。那是一种生命活力最自由的欢呼与宣泄，那是一种不可抗拒的充满着生命意味的振奋与激扬，那是蝉蕴藏起来的气势恢宏的成熟的情感表白。

我不能想象蝉这么一种贴在树上几乎和树叶混淆的不起眼的昆虫，如果没有歌唱，是不是还能让人想起它在这个世界上出现过。

为了生存，每一种生命都有自己的艰辛和凄凉，蝉的一生充满了悲壮的色彩，其鸣也哀，所以有人说它是齐国王后受冤屈而自杀，死后尸化而成。王沂孙在《齐天乐》中写道："一襟余恨宫魂断，年年翠阴庭树。乍咽凉柯，还移暗叶，重把离愁深诉。西窗过雨。怪瑶佩流空，玉筝调柱。镜暗妆残，为谁娇鬓尚如许。铜仙铅泪似洗，叹携盘去远，难贮零露。病翼惊秋，枯形阅世，消得斜阳几度。余音更苦，甚独抱清高，顿时凄楚。谩想熏风，柳丝千万缕。"可以说是蝉最好的祭词了。

据说蝉有五德，即饥吸晨风，廉也；渴饮朝露，清也；应时长鸣，信也；不为雀啄，智也；首垂玄缕，礼也。蝉的声音使整个天空和大地都充满了生命的气息与活力。我想自它从地层飞向天空的刹那间，就开始用歌声来变幻生命的光泽。与之相比，我们人类在张扬生命的过程中附加了太多有违自然本性的东西，有太多的欲望让生命来承受，有太多的爱恨情仇让生命来演绎，于是我们的身体和心灵总是不堪重负，我们的心变得越来越粗糙，把别的原本和我们一样有着尊严的生命都轻描淡写地忽略了。

我们都应该关注蝉，看它在黑暗中锤炼出来的躯壳和色彩，倾听它张扬生命欲望的鸣叫。阳光照射在它那看来没有任何感情色彩的眼睛上，想象着它简单而艰难的生命意义，我们或许从中可以读懂许多许多的东西，会为所有生命的存在而认真地感动起来。记得德国哲学家黑塞有句话："永恒母亲只生我一次,这是一次性的尝试……我的职责是赋予永恒以显著的一次性状态,并从这状态中显示永恒。"他说得太哲学、太神圣,我们很难做到,我们所能做到的,就是像蝉那样认认真真地活一次,活得有感觉,活得有滋味。

萤火闪烁

萤火虫是一种美丽而有趣的虫儿，从生到死，总亮着一盏灯，即使在冰冻三尺的地下，幼虫还是点着灯，正是因为这盏灯，它才显得与众不同，才富有诗意和情趣。在我的家乡，几乎没有什么虫子的知名度能超过萤火虫。夏天的晚上，它们如同从明月上分离出来的光点在草丛中自由自在地漫游，所以，它又被称作带着灯笼走的虫子。

老家在古黄河岸边，夏夜里，小河边、树林中、草垛旁、野地里，到处萤火闪烁，像灶膛里飘出的火星，又如下凡的小星星，让乡村的黑夜变得幽深而神秘，给我们增加了许多的乐趣。萤火虫飞得很轻很慢，飘忽不定，很容易捉到，随手一捞，便进入你的手掌心了。我和小伙伴们常常废寝忘食、兴致勃勃地捉萤火虫，有时用麦秸自编的大蒲扇，这些小家伙弱不禁风，用大蒲扇轻轻一扇，就掉到了地上。我们把萤火虫捧在手心里，微弱的光照亮纵横交错的指纹，如细小的水流从指缝中一点一点滴出，或把萤火虫装在玻璃瓶中，挂在蚊帐里当灯笼，或是把自己关在一个黑屋子里，将装在玻璃瓶中的萤火虫翻出来，看着流萤闪闪地欢舞。

小时候，听得最多的是古人囊萤读书的故事，说是捉了不少的萤火虫，放在纱囊中照着读书。除了这个想来很美丽的故事外，还有一首流传较广的歌谣："萤火虫，萤火虫，挂着灯笼在哪方？谁要念书没有火，请你过来闪闪光，闪闪光，闪闪光，伴我念书好用功。"但给我印象最深的是父亲教我的一首童谣："萤火虫，找草丛，翻转屎窟点灯笼；自己点灯雪雪光，别人点灯烂裤裆。"意思是说自己点灯好走路，别人点灯会摔破裤裆，告诫我干什么事情都要自己动手。如今，这么多年过去了，我依然清楚地记得父亲谆谆教导我时的神情，那神情包含了无数的期盼和梦想。

民间一直有萤火虫是草根所化的说法，《礼记·月令》云："季夏之月，腐草为萤。"《广东新语》也云："萤之类初如蛹，腹下有火。数日能飞者，茅根所化，为萤……"长大以后，才知道萤火虫属昆虫类鞘翅科，尾端暗黄，有发光器，其发光器由多个细胞组成，细胞内有可燃物，遇到从支气管输入的氧气后即发光。由于它产卵在水滨草根，而幼虫在秋冬之季伏在土中，春夏之季飞出，所以便一直以为萤火虫是腐草所化了。

印象中，关于萤火虫的诗很多，每首诗都写得情真意切、优美耐读，如"巫山秋夜萤火飞，帘疏巧入坐人衣"，"银烛秋光冷画屏，轻罗小扇扑流萤"，等等。我最喜欢骆宾王那篇《萤赋》，他将萤火虫比作人，盛赞其美德和处事之道。赞美德云："每寒潜而暑至，若知来而藏往。既发挥以外融，亦含光而内朗。"赞处世随处流露光彩、不为环境所拘云："逝将归而未返，忽欲去而中留。入槐榆而焰发，若改燧而环周。

绕堂皇而影泛，疑秉烛以嬉游。"他称赞萤火虫"光不周物，明足自资""处幽不昧，居照斯晦"，正象征了人生有自知之明，不会因黑暗而迷失方向，在可能范围内，也可冲破一点黑暗；但在光明到来之时，则不妨韬光养晦了。

  自从离开老家后，已经多年没有见过萤火虫了，故园旧事真是飘零的梦境了，但我却铭记住了那些萤火闪烁的神秘轻盈的夜晚，正如一位诗人所写：当我老了／你是我眼眸中／最后一滴微弱的亮光。我知道，那些给了温暖回忆的灯笼，会永远在我心头灵动而活泼地闪亮着、漂浮着。

螳螂的随想

螳螂是一种温存与勇猛并存的小动物,单从外貌看,它实在是可以用温柔、多情、矜持、庄重、高贵、优雅这些形容词来描述。小时候,每次见到螳螂,小伙伴都会兴奋不已。我对于螳螂素来怀有敬意,虽然从小学到的词语大都于它们有不好的意味,如螳臂挡车等,但我想,一只敢于挡车的螳螂,那该是怎样的勇士啊!

螳螂也是一种很美的动物,它那纤细而优雅的姿态,淡绿的体色,轻薄如纱的长翼,会使人想到如芳草的碧罗裙。长身,前半(胸)轻捷而后半(腹)厚重,高足三对,能与人以飘然之感。头为上宽下尖的三角形,不大,高踞两端的眼就显得特别鲜明,触须细长而灵活,能使后重的体形得到调剂。颈部是柔软的,头可以朝任何方向自由转动,只有这种昆虫能向各个方向凝视,真可谓是眼观六路,警惕性十足。最奇的是还有前足一对,曲折如人的上肢,向下的一面作锯形,经常前伸高举,于是长身玉立就兼有了英武之气。

螳螂俗名"刀螂",老家人对它的称谓来得更贴切,更形象生动,叫它"砍头螂"。它一般分布在草丛、树林或稻田中,平常以一些小飞蛾等小昆虫为食。每到夏秋之季经常能看到螳螂，孩子们经常捉来玩耍。记得小时候，我每年冬天都要去采一个螳螂卵放到家里。到了春天不知不觉就有成百上千的小螳螂孵出，床上、家具上到处都是，然后将它们放到窗外的花园中，花园顿时变成了一个螳螂的世界。一边玩，一边唱着关于它的歌谣："小螳螂，穿绿袄，举着两把大镰刀。不去割麦子，不去割青草。拿着镰刀捉害虫，苍蝇蚊子吃个饱。"单调的生活也因此增添了不少的快慰。

螳螂产卵与其他的昆虫有着极大的不同，我曾经仔细地观察过螳螂的卵块。螳螂不会把卵产在草叶背后等隐蔽处，它常常爬到草叶的最高处，自信地产下卵块。这时，你一定会惊讶，把卵产在这样显眼的地方，如何经历风雨？如何度过严寒的冬天？其实，这就是雌螳螂为什么要在交配后吃掉雄螳螂的秘密所在。雌螳螂产下卵后，会用大量的胶状物质为卵做一层坚硬的卵鞘。为了更好地保护自己的后代，于是，雄螳螂选择了献身，雌螳螂就选择了无情。卵鞘非常有韧性，我曾经用了很多自以为坚硬的东西试图挑破这层白色的包裹物，但都没有成功。可以说，这层保护着小螳螂安全的卵鞘，就是雄螳螂牺牲后的"化身"。

螳螂是食肉性昆虫，它是多种害虫的天敌，也是人类永远的朋友。它会对着侵犯它的敌人勇敢地示威，不管对方多么高大，都要举起"双刀"拉起架势与之一搏。早在人类社会初期，人们就对它表示了敬畏和关注。它上半身微微抬起，两条前腿像手臂似的拢在胸前朝向天空，大大灵活的眼睛温柔地凝视着前方，小小的面孔上透着肃穆圣洁的气息。这样的姿态，真的像教堂里闭着眼睛站在十字架前默默祈祷的少女，宁静而庄重，浑身上下都是不可侵犯的洁净，螳螂也因此被田地里耕作的农夫们称为先知者或祈祷者。

我喜爱它更有力的理由是它的举止风度，伫立、昂首、凝思，总是使我联想到一种生活的态度，认真加迂阔。这样的印象，是古已有之的。《庄子·人世间》曾说："汝不知夫螳螂乎？怒其臂以当车辙，不知其不胜任也。"这是道家的看法，以迂阔为可怜可笑，儒家就不同了，如《韩诗外传》卷八曰："齐庄公出猎，有螳螂举足将搏其轮，问其御曰：'此何虫也？'御曰：'此是螳螂也，其为虫知进而不知退，不量力而轻就敌。'庄公曰：'以为人，必为天下勇士矣。'于是回车避之。"知进而不知退，不量力而轻就敌，所以可爱，甚至可敬。

法国昆虫学家法布尔曾说，每一种生物都是上帝的一种艺术性的创造。我觉得螳螂是上帝创造的罕见的精品。我对这种小虫子的勇猛顽强、不畏强暴的性格所感动。每当想起它的时候，就似乎看见它翻飞腾越勇猛出击的形象，让我获得了重新前行的力量。

聆听秋虫鸣秋声

童年的秋天是无比美好的，阵阵凉风送来的不只是惬意，还有一声声秋虫的浅唱低吟。秋天也变成了昆虫歌手们动股振翅、引吭高鸣的季节，尤其是秋天的夜晚更是成了虫儿竞相歌唱的时候。特别是立秋过后，窗外院中各个角落的虫鸣，时而清亮，时而低沉，高低错落，起伏有致，一切是那么的自然，一切是那么的清亮动人。

记忆深处，听秋虫鸣叫最妙的时候是秋高气爽、繁星似锦的夜晚。此时，劳作了一天的村民开始烧火做饭。灶房内灯光昏暗，灶内燃烧的柴草噼啪作响，锅中蒸腾的热气弥漫了整个房间，原本就不明亮的灶房显得越发朦胧。屋角的草堆里、石缝中，不时有各种虫子的鸣唱声。晚饭后，人们闲着无事，纷纷带上小板凳、躺椅、凉席到院坝纳凉。大家散乱地坐定，摇着蒲扇摆龙门阵学古。瓦蓝的天空布满了星星，夜幕下秋虫"唧唧唧唧"响成一片。在似有似无之间，很有些渺茫，充斥天地间的唯有虫鸣。

家乡的秋虫很多，如蟋蟀、蝈蝈、金钟、马铃等数十种，最常见的是蝈蝈和蟋蟀。蟋蟀，在老家被称为蛐蛐，它的鸣叫是令我们兴奋的天籁之音。蛐蛐喜欢昼伏夜鸣，要捕捉，必须等它振翅发声的时候。那时候，常约上一二位好友到庄子外的地里去捉蛐蛐。此时凉风习习，轻拂着脸面，头顶上的月亮透出点点浑浊的光，朦朦胧胧的，像瞌睡人的眼。田间地头的草丛中，坡上路边的树枝上，各种虫儿齐声歌唱，远近声音繁密如雨，整个世界清纯得只剩下一片虫鸣。

这时节，你若闭上双眼，便有被虫声包围、湮没的感觉，又仿佛恍若隔世、置身于一个童话世界。偶尔传来一阵犬吠，虫声戛然而止，稍一停顿，虫鸣又骤然而起，那声音较之先前更热烈、奔放，而先前的停顿仿佛就是交响乐中的一个休止符。捉蛐蛐也需要技术，那时候只要侧耳一听，我和小伙伴就能分辨出是真正的蛐蛐，还是没用的油葫芦。如果叫声清脆响亮、悦耳高亢，那准是体壮油亮、口齿坚利的蛐蛐。我们一定会小心翼翼循声而去，将其收入囊中。

斗蛐蛐也是我们儿时最乐此不疲的一种游戏，也是最能振奋人情绪的游戏。别看蛐蛐个头不大，但其生性勇猛好斗，败的退却，胜的张翅长鸣。所以，男孩子们都喜欢斗蛐蛐，并希望它打遍街巷无敌手。可是要想得到一个能称王称霸的蟋蟀却不是一件容易的事情，好多时候要看运气了。由于喜欢蛐蛐，也慢慢地学到了一点识认蛐蛐的皮毛，比如从颜色上来分"白不如黑，黑不如赤，赤不如黄"等等。

除去蟋蟀，蝈蝈也是鸣虫的佼佼者，其最突出的特点就是善于鸣叫。蝈蝈的食性很杂，在野外，主食植物的茎叶、瓜果，偶尔也会捕食小型昆虫，人工喂养也很简单，通常用竹丝笼、玉米秆或篾片编织笼子，并悬挂于通风处，因为他们有相互残杀的习性，故每笼一只，不能混养，主要喂以辣椒、南瓜花、青菜等。后来，离开老家后，以为很难听到蝈蝈的鸣声了；意外的是，每到秋来，街上都有卖蝈蝈的，把山野农田的声响带进了城里。于是我会买来悬挂在窗边阴头底下，听它振翅鼓腹、演奏妙音，尤其是午后或晚间睡醒，在万籁俱寂中，听取阵阵清脆翅声，更感到天地的清幽和人生的美韵。

　　无论是养蛐蛐，还是养蝈蝈，都有许多研究的门道，可我无意此道，我喜欢在自然环境中聆听蟋蟀等秋虫的歌声，那是一种天籁，那是一种独属于秋天的音乐。狄更斯在《炉边的蟋蟀》里形容蟋蟀的叫声："像一颗星星在屋外的黑暗中闪烁，歌声到最高昂时，音调里便会出现微弱的，难以描述的震颤。"记得有一次去外地出差，独宿于山林别墅，再一听四壁唧唧知知的蟋蟀声，怎么都难以入睡，什么愁情、乡思以及人生之悲感，都一串一串地从根儿勾引起来，在我的心头翻来覆去，让我想起遥远童年的秋夜。

　　岁月流逝，人非昔日，而虫声依旧。透过薄薄的窗纱，一声声、一阵阵秋虫的鸣叫，借着微凉的秋风传到耳边，我的心不由得一阵战栗。那此起彼伏的秋虫声，唤起的是人们的几多惆怅或是欢快之情，在蟋蟀、蝈蝈这些小小的昆虫身上，我们也能感悟到生命存在的意义。

大地上的蚂蚁

　　蚂蚁是一种微小的昆虫,只要是有泥土的地方,就有它无处不在的身影。蚂蚁是贯穿我生命最重要时间段的虫子,我的童年几乎在与蚂蚁的游戏中度过,我见识过各种各样的蚂蚁和蚂蚁五彩缤纷的生活情趣。对于那些美好的亲昵,心中充溢着深深的感恩和怀念。在回眸这段经历时,如今的一些成年人在心头总会漾着浓浓的思乡情和稠稠的童趣,蚂蚁好比就是一种亲切而久违的诗意,让我们身心浸染其间。

　　蚂蚁的好处,除了能给农村的人们预报天气外,似乎没有其他的功用,它们更多的是让人观赏或玩耍。特别是小孩子们,喜欢拿蚂蚁来玩。在儿时的我看来,蚂蚁并非微不足道,而是非常有趣。当我刚刚会摸爬滚打时,就以好奇的眼神,注视着这小小的仿佛具有灵性的动物,好奇于它的小而灵巧,惊奇于它的勤奋劳作。当稍大些,刚会蹒跚学步时,在母亲和姐姐们的搀扶下,就对院子里花椒树上的蚂蚁感兴趣。它们或上或下,在树干的窟窿与洞穴中,钻进钻出,急急忙忙,似乎每时每刻都是有什么急事。

　　蚂蚁是喜欢群居的,这点类似人类。小时候,院子里到处都可以看到它的洞穴，小小的洞口不知道到底有多深，周围围着一圈细细的土。我总是感觉，小蚂蚁不紧不慢地每天每时每刻都在挖洞，用嘴衔着小小的土屑，从深深的洞里爬出来，慢慢地把土放在洞口边，日积月累，就有了那些我眼中的蚂蚁洞的标志——一圈细细的土。小小的黑蚂蚁没有停下来的时候，我想看看它们到底能忙多久，曾经在一个蚂蚁洞边上一蹲就是大半个下午，看着它们出出进进，忙忙碌碌不停息。在我看来，它们长得全都一样，不知道是一只蚂蚁不停地忙碌，还是一群蚂蚁轮流忙碌，但不管怎样，我感觉它们真是很勤劳的小精灵。

为了看看它们的洞穴到底有多深，我不止一次地用各种各样的工具挖开它们的"家"，被挖出的蚂蚁有些惊慌失措，原本慢条斯理的步子变得有些慌乱，但是我还是发现它们即使在慌乱中也是那样的温顺，不像那些大蚂蚁一溜烟不知跑到哪里了。虽然小时候常常捉弄小小的蚂蚁，但我不伤害它们，因为在我的眼中它们是一个个可爱的生灵，它们是有感情的小动物，在我的心目中它们是我的朋友、玩伴，我从内心里还很敬佩它们，不是因为它们有多伟大，而恰恰是它们渺小的身躯带给我心灵的震撼。

"蚂蚁缘槐夸大国，蚍蜉撼树谈何易？"人类对于蚂蚁之类的小动物、生物，是不会放在眼里、心上的。在我们的老家就流传着这样一句话，叫作"闲着没事，看看蚂蚁上树，也比什么都不干强"！这仿佛是告诉人们，只有没事干的人，才去看蚂蚁玩。因此，除了不更事的孩子们，似乎谁都不愿意搭理那些微小的蚂蚁们。蚂蚁其实是不能小视的，一只小小的蚂蚁，你可以欺负它、踩死它，但若一群蚂蚁对你群起而攻之，你必落荒而逃。

　　其实，蚂蚁这小小的生命同样蕴含着生活的大智慧。它的勤劳自不必多言，整日整夜地忙碌，似乎永远不知道累；它还有万众一心、前赴后继的精神，能团结协作，理性分工，咬死和搬回体积数百倍于它的动物；它更有百折不挠、从不言弃的精神，如果它决心奔向哪个地方，无论你怎样阻止它，它都会百般尝试，直至找到一条能达到目标的路线；它还能深谋远虑、未雨绸缪，在夏天备足冬天的食物，在下雨之前把家搬往高处，在阳光灿烂的日子把储存的食物搬出来晾晒以防霉变。更让人惊叹的是，千里之堤，可以英勇地抵挡住狂风巨浪的进攻，却会一朝溃于小小的蚁穴。

　　古代先贤就曾在《圣经·旧约》中这样写道："去察看蚂蚁的动作，可以得到智慧。"一位诗人说："不以自我的小而隐匿，不以自我的黑而退缩。"在茫茫人世间，蚂蚁的形态和颜色，给了我们种种启示，我们应该"像蚂蚁一样活着"，背负生命的重负活着，并且以积极的姿态面对一切。

蝶舞翩翩

  蝴蝶是乡村一种动人的、绝色的昆虫，每当春风吹开了花儿们，它们也从蛹中苏醒了，舒缓着美丽耀人的双翼，栩栩在花间飞舞着。"彩虹万里百花开，蝴蝶双双对对来。"它们偕来的是花的春天，试想春天来了，山青了，水绿了，百花丛中若是不见飞舞的蝴蝶，那该是多么扫兴啊。

  蝴蝶是我从小到大都喜欢的昆虫，幼年的我喜欢捕蝶，在那一望无际的开放着金黄色的油菜田间或杂生着不可数的无名野花的草地上，飞舞着大大小小的蝴蝶。我们一群儿童嬉笑着追逐在它们身后，还一边唱着"飞，飞，梁山伯，祝英台"。见它们停下来，便悄悄地蹑手蹑脚地走上去，可惜，当时我们不知珍重，蝶的生命很快戛然而止，连标本都不是。除了小孩以外，几乎每个女人也有着浓厚的蝴蝶情结，她们将丝巾扎成美丽的蝴蝶结，在衣服上缀上蝴蝶结，好像这样自己就变成蝴蝶，可以自由自在地飞舞了。

  蝴蝶还是吉祥幸福美满的象征，在旧时的帐眉上，都常常绘饰着非常工细的百蝶图。在我的记忆中，母亲喜欢在枕套、在蚊帐沿绣些姿态各异、精妙绝伦的蝴蝶。我现在还保存一件绣有欲飞的粉色蝴蝶的枕套,每次看到它,我都有一种临神般的骇异与震撼,并蓦然闪现当年额前有一排刘海的母亲。在我的书橱里有一个青花瓷瓶,是"红白蝶缠莲瓶",虽是赝品,却令我爱不释手。每当夜深人静时,我都会在书香中抬起倦眼看它,并琢磨是谁把一百只形态各异的蝶烧进土里,而且是那样的鲜活与灵动,并且期待着"坐久不知香在室,推窗时有蝶飞来"的那一天。

很多爱蝶人,喜欢蝴蝶标本,认为那是一份凝固了的可以保鲜的永恒美丽,免去了蝴蝶化尘入土的宿命,于是蝴蝶的生命在不该终结时被终结了,只是蝴蝶希望这样吗?生命对于它们来说是短暂的,但却是十分宝贵的,先是破茧而出,然后飞翔、求偶、死亡,就像昙花一样,虽然开放的时间很匆匆,却把生命最美丽的瞬间展现给世人,完成了生命的灿烂。它们在花朵之间来回舞动,扑打着花蕊,花粉通过蝴蝶的翅膀,不断地抵达它们命里的归宿。于是,在充满了阳光的空气里,蝴蝶扇动着薄薄的羽翅,为花朵上演它生命中最为辉煌的一幕,酝酿着春华秋实的传奇。

长大以后,我才发现蝴蝶虽是一种很小的昆虫,却一直高踞在中国人美学理想的至高处,承载着千年古国的一脉神韵,它不仅可以入诗、入文,还可以入画、入瓷。它动人的翅膀一直翩舞在历史的时空里,曾生出无数的话题与情趣、奇妙和玄想,最终成为恒久不衰的佳话。它与冯延巳的诗有关、与博物馆的古瓷器有关,与赵佶的画有关,与薛宝钗的扇子有关……流传最广的莫过于"庄生晓梦迷蝴蝶"的故事,而梁山伯与祝英台死后化蝶的故事最为凄美,他们宁愿化蝶也不愿意放弃追求爱情，让人为之感叹不已。

　　时光荏苒，蝴蝶的身影也比较罕见了，即使是那小时候最普通、最常见的白蝴蝶，都会让我欣喜不已。印象最深的一次，是在大理的蝴蝶泉，刚一进去，立时就被大大小小、各色各样、千姿百态的蝴蝶所拥围，它们或大如掌如拳，或小若铜钱若指盖，好似飞舞的花朵翩然落在人的发际、肩头、臂弯，让人悠悠然不知所以，它们美丽的翅膀在阳光中飘动着，在山冈上、在树丛里投下一个个若隐若现的身影，那山冈、那树丛也似乎因为蝴蝶而面带微笑、生机盎然。

　　蝴蝶是五颜六色美的精灵，是空中飘飞的花朵。对我来说，无论人生过到了什么份儿上，心被苦痛如何咬噬着，只要面前有蝶影划过，我就会重新获取生活的勇气，坚信春天、土地、河流及阳光的力量……"百岁光阴一梦蝶"，来生，我愿做一只小小的蝴蝶。

听取蛙声一片

青蛙是人们熟知并喜爱的一种动物,早在新石器时期的陶盆上,就已有蛙的形象作为装饰,在清代学者顾禄的《清嘉录》中也有"农民听蛙声于午前后,以卜丰稔,谓之田鸡报"的记载。我对青蛙尤其是蛙鸣声有着特殊的感情,那高低错落、此起彼伏的蛙鸣,充满了生命的激情,它们在我的童年打下了记忆的烙印。

我一直认为,蛙声是一切自然声音里最美妙的一种,被蛙声包围的感觉是非常美好的。听着蛙声,人会变得沉静而踏实,这大约就是天籁之音的玄妙之处吧。在我的印象里,蛙声是充满味道的,它含有好闻的柴草味、雨后清新的泥土味和青草特有的芳香味,以及远处田野里荡过来的稻花香味。青蛙就像是乡村的天使,是乡村用雨水和虫儿喂养出来的,当白昼悄然引退、夜幕逐渐降临时,它们就像赤脚的农夫在软软的耕地上辛勤撒种一样鸣唱不已,诉说着很多很多只可意会不可言传的话。

记得小时候,当天空的黑纱渐渐合拢后,蛙声四起,如潮水一般,一浪盖过一浪,挤进屋子,漫过廊檐,十分的动听。

特别是在晚饭过后，和父亲去稻田地补水，蛙声便从四面八方涌来，高高低低，长长短短，轻重缓急，错落有致，满垄的蛙声似乎在演奏一支悠扬激昂的交响曲。站在田坎上，四周的蛙声仿佛将我整个人都要淹没，且声声蛙鸣直往身上贴，直往耳朵里钻，让人有一种被拥抬起来、飘飘欲仙的感觉。稍稍移动一下脚步，近处的蛙声便戛然而止，远处却依然蛙鸣鼓噪，但只要静候片刻，近处的蛙声又会断断续续地鸣唱起来，很快又和远处的蛙声连接成一片。此时夜凉如水，置身于蛙声的海洋里，身心一片清爽，里里外外都像被过滤了一样。

　　到了城市生活后，蛙声就很难听到了，那如潮的蛙声只能在记忆深处响起。后来迁居到九里山下，在离家不远的山野有一个池塘，黄昏过后便成了蛙的世界，声音此起彼伏，经久不衰。忽闻这久违的蛙鸣，熟悉的感觉点点滴滴倏然漫卷着袭来，我仿佛找到了童年，又回到了老家。我恍然置身于辽远与空廓、清新与悠然、真切与质感的天地之中，藏于我心中的那份自由与放达、希望与憧憬，全部被久违的蛙声给提醒了！每天傍晚后，那喜人的蛙声都会飘向我的世界，不断地在我的耳边回响。我也从来没有觉得那些蛙鸣会扰乱我的清静，夜深人静时，那蛙鸣就犹如背景音乐，曼延在夜幕里，看书、写字、听蛙鸣，我仿佛听到一种奔腾的声音，张扬在每个夜晚。

　　除了美妙的蛙声外，青蛙还是庄稼的保护神，传递着丰收的概念和收获的希望。远在古代，人们就把它奉为神明，正如诗人所说的"稻花香里说丰年，听取蛙声一片"。在蛙鸣声中，禾苗也在迅速地拔节、抽穗、扬花，勤劳的乡亲们会枕着蛙鸣声入梦，我想梦里都是一片秋天金灿灿的丰硕的景色吧。总之，蛙声会让人呼吸到乡土气息，让人融入温馨宁静的乡野田园，感受到吉祥、幸福、安康。当那略带暖意的蛙声像雾一样在乡村里弥漫开来，我对村庄有了一种诗意的构图，并在蛙鸣声中感受到了家园的气息，情不自禁地产生一种悠远的遐思迩想，我觉着自己真正回到了心灵的家园，所有的尘埃涤荡一空。

　　川端康成曾说："一听到雨蛙的鸣声，我心田里忽地装满了月夜的景色。"对我来说，蛙声是可爱的、澄明的、清脆的、悦耳的、动听的。每当想起那古朴而响亮的蛙鸣，我的眼前仿佛就是绿油油的稻田和弥漫着乡土气息的家园，那蛙声裹挟着夜的温柔与神秘轻轻抵达每一个角落，并且在我心灵的天空一遍又一遍地响起，给我带来阵阵的感动，让我轻易地就迈过了生活的门楣。

【繁花杂树入梦来】

与树同在

　　大自然中，与人类关系最为密切、最为和谐的就是树了，它不仅为我们提供果实、奉献树阴，而且为我们充当风景、调节空气，正如一位诗人所说：树林是一种幸福的意象，包括人类在内的所有生物的命运，都与树的遭际有关。所以说，树无论作为物质意义上的简单生态现象，还是作为精神上的深情寄予，它本身早已通过大地深处与人类的生命根息相连，紧紧地融为一体了。

　　我小时候就和树结下了不解之缘。那时候没有什么玩物，树就是我的玩物、我的乐园，它们在我浅亮的童心世界里留下了美丽的印记。村里最常见的是柳树、槐树、梧桐树、杨树，少些的有石榴树、柿子树、楝子树、桑树、枣树、杏树。每当春风吹过，树儿们便开始抽芽、长叶，到了夏秋时节，整个村子枝繁叶茂、绿影荫屋、无限清凉，在树下乘凉闲坐，再毒的日头也晒不透。这么多年过去了，那些树木已然成了我童年的美好记忆，唤起了我童蒙的活性。

　　记得房前有两棵树，一棵是高大的梧桐，梧桐树格外招风，每当风吹过，树叶沙沙作响，像极了雨声；一棵是杏树，它是在我蹒跚着学走路时栽下的，可等我背上书包上学时，它已长成两三层楼房高的大树，每年都会收获一树黄灿灿的杏儿，尤其是春天开花的时候，可以清楚地望到在阳光下一片粉白的花浮动着水气。在村子与故黄河之间的河滩上，还有大片大片的树林，因而到了夏天这一带是绿茵茵的，是孩子们放羊割草的好去处。在完成任务之后，孩子们也可在树阴下的草地里翻跟头、捉蚂蚱，无拘无束地玩耍起来。

世间没有任何一种事物能够像一棵棵树那样完美无缺、光彩照人，它们用枝叶拥抱蓝天，享天地之风气，得日月之精华。可是，随着城市的不断向外蔓延、辐射，自然的生态在一步步地被吞噬、消亡，现代化都市的繁华背后隐喻的是日趋荒凉、冷落的前景。生活在现代都市里的人们，触目所及、收入眼底的尽是那些高低错落、层层叠叠、影影绰绰的建筑群落，名目繁多、令人眼花缭乱的广告，以及各式各样的门牌、标志，头顶的那块天空则早就被吞没在高耸入云、巍峨深暗的庞大建筑之下，树那苍绿的身影逐渐稀少。

所以，一有时间，我便到山上、树林里去看树，这几乎成了我的一种需要。我喜欢并崇敬大地上的每一棵树，不论它们是群居还是独处，也不论它们是高大还是矮小。这世上没有一棵我不喜欢的树，面对它们，我的敬意会油然而生。我喜欢闭着眼睛，任树木清澈、洁净的气息清洗我。每每这时，我的身心似乎便向广阔的天地舒展着，一种平静的没有任何杂质的快乐会顺着毛孔流入体内，我感到自己变得美丽起来，就像一株刚刚被雨水沐浴过的花朵，正滴落着新鲜的露珠。

对我来说，每一棵树都是神圣之物，它们是伟大、高贵、智慧的化身，它们总表达着一种微妙的情感，或者更确切地说是一种机缘和生命力，看见树抽出嫩叶、吐出花蕊，看见鸟落在树枝上，不停地蹦啊、跳啊、叫啊，心里都会不知不觉地高兴一下，好像树和我的灵魂它们的精神和呼吸，让人为之动容，就会有一种情感如春潮欲涨般涨满心房，使我获得内心的平静与安详。

树永远寄托着人类一个永恒而真实的梦境，作为生命，我想我们和树儿是平等的。若干年后，当我化为尘土后，我希望自己长成一棵树，也许它伟岸，也许它弱小，但我会快乐地生长着，坦然地面对春夏秋冬，静静地享受着永恒之乐。

白昼绿成芳草梦

草儿在乡村是无处不在的，房前屋后、地头田埂、沟渠河畔，都能见到它的身影。草虽是乡村最常见、最不起眼的存在，却给我留下了许多难忘的印象，让我对它怀有很深的感情，不管什么时候看见草，都会有一种温暖和亲切的东西从心里涌出来。

在乡村，你随时随地都能看到各式各样的草。早春的时候，斜长开来的细茎柔嫩得像婴儿的小手，清晰可见叶脉和掌纹交错的神秘，更别说那些清晨破蕾的小花了，是那么的繁复与新奇。到了夏天，更是枝繁叶茂、青翠欲滴，深夜时分还能听得见细虫的呢喃，有时一声出格的脆鸣，仿佛带了青青绿绿的浓色，让人疑心在草丛里一直隐藏着一个与乡村有关的秘密。等到天冷雨密的季节，自然是风逐草地黄了。

草是有生命的活物，并与人生死相依，与乡村紧密相连。草可以用来养猪、喂羊，间接地为延续人的生命服务；它的部分还可以直接变成人的食物或药物；它还可以让人晒干了裹在身上取暖或烧火做饭；甚至连它被焚烧后的灰，都可以让人拿去肥田。对于草，人们是从来都不怠慢的。对于乡村长大的孩子来说，几乎每个孩子都从事过与草有关的劳作，如割草、放羊等等。

　　虽是劳作，可是孩子们却当成了一件游乐的事情，尤其是放羊，只要找到一块草儿茂盛的地方，就可以放任自流，不用管它们了。一只只的羊儿徐徐分散开来，匀匀地撒在花草之间，宛若满天星斗，闪射出动人的光彩。它们勾头摇尾，专注地贪婪地寻觅、啃青，一切皆置之度外，万般悠然自在。此时，我们就可以尽情玩耍起来，宽阔的草地顿时变了游乐场。等到我们玩累了，羊儿们也吃饱了。

　　小时候，最喜欢干的事就是躺在柔软的草地上，一边嗅着青草的气息，一边仰望蓝天、白云和过往的飞鸟，让思绪肆意飞翔。印象最深的是离家不远处有一个铁路部门的货场，由于少有人去，各种各样的草缠绕纠结、拥拥挤挤，雾霭一般向四面八方无拘无束地绵延、散漫，星星点点的野花开放其中，日日夜夜地悠闲逸香。那些花草虽然高不盈尺，香气也不醉人，但却柔韧旺盛、烂漫清香。风一吹过，只见万千的草梢一齐俯身摇头，如水里的波浪一样荡向远方。

　　春去秋来的风吹绿了一茬又一茬的草，一年四季的阳光温暖了草地、村庄和草地上所有的生灵。草就这样任风雨年华磨炼，羊牛牲灵啃踏，也经久不衰、岁岁葳蕤。阳光照洒、雨水冲洗的草地不光喂肥了一只只羊一头头猪，也喂肥了许许多多草地上的生命。在那空旷的草地上，农人和羊群一样深刻地体悟这大地神圣赐予的温暖和关怀。在大地慷慨的养育中，野性的生灵和善性的生灵都被大地丰富的食物喂养得剽悍强壮。

　　在我的心里，总觉得草似人，它作为一种生命的形态，给人的启示也很多。如它即使头顶一块石，也要想办法从缝隙里探出头来的顽强；如它即使头被割去了，身子也能坚强地挺立在那儿的坚韧；如它在暴风骤雨冰雹袭来时，能毫无怯意地去面对的勇敢；如它长在再偏僻的地方，也毫无怨言地甘于平凡。因为这些，有时我感觉自己就是一株正在成长的青草，我体内奔涌着青草生长的声音，青草的呼吸正在穿过我的身体和眼睛，我们相互交融着，一种穿越宇宙的无法抵抗的生命力从我们之间成长、伸开，展向远方广阔的天地之间。

　　离开乡村以后，就很少见到那种肆意生长的草了。虽然城市中有很多的草坪、绿地，可是却感受不到草的蓬勃，草的生命力。后来，在我居住的门前有一块空地，不经意间长出了一大片参差不齐、茂盛非凡的乱草，竟让我这个懒散潦草的主人沾了些风雅的光彩，意外地获得了一份难得的情趣。有时我枯坐在窗前，仿佛听到了草儿悄然成长的声音，这让我时常陷入冥想。空气中弥漫着新鲜幽微的青草味，好像已经融入了我平淡无奇的生活，使我在那走神的时光里，感受它带给我的温馨。

　　"白昼绿成芳草梦"，面对草儿，仿佛面对历史深处的一处风景。那些盛开或衰败的花，那些苍绿或枯萎的草，或摇曳，或凝定，或芬芳，或苦涩，无不成为撼动心魄的一种力量。我觉得草地就是一座深深的庭院，从这里走出的人，即使走成了贫穷，精神也富有，即使走成了清瘦，灵魂也健壮。"野火烧不尽，春风吹又生。"这便是不衰野草的可爱。无论什么时候，宁静、真实、牢靠的草地，都是我的精神家园，我在它的语言里净化、神悟。

柳色无边

"侵陵雪色还萱草,漏泄春光是柳条。"柳是乡村春天里最早复苏、抽芽的树木,好像一夕之间就冒出来似的,并且争分夺秒地浓妆起来,把生机就给激发出来了。在万物萌发、风和日丽、天清地明的春景天里,最亮丽的景色是柳树,一身绿妆、满目翠色,令人在白日也要做出旖旎的梦来。

柳是一种古老的植物,《诗经》中就有着"昔我往矣,杨柳依依"的描述。千百年来,柳以其旺盛的生命力和特有的风姿功用,一向受人青睐,民间也一直有着"无心插柳柳成荫"的说法。作为春天的舞者,每到"早春风力已轻柔,瓦雪消残玉半沟"的初春时节,柳树那冻僵的枝条开始变得柔软,接着腋芽膨胀突起,似乎不经意间,看惯黑白两色世界的眼睛里,会出现一种黄,鹅黄,浅浅的,一点、一点,像捉迷藏孩子的眼睛,给人阵阵惊喜。不久,它那曼妙的身姿便把天地舞得豁亮起来,黑亮的燕子飞绕其间,此时在红尘中奔走道途的人们便知道春天来了。

这时候的柳树一天一个样,眼见着发芽、抽叶,我们也可以随心所欲地玩耍。村东头有一片柳树林,是我们玩耍的好去处。柳树都不怎么高，手脚并用，三两下就爬上去了，然后惬意地坐在树杈上折柳枝、做柳笛。柳枝折下后，先用手轻轻拧，当柳皮与柳条芯被拧得几乎完全脱离时，用嘴咬住粗的一端，两手握住柳皮，缓缓抽出光滑的白条子，手里便留下柳皮筒。再把柳皮筒的细端捏扁，用指甲刮去约一厘米长的青皮，柳笛就做好了，然后把它塞进嘴里，或急促或悠扬的声音就飘荡在树林里。剩下的柳枝就做成柳条帽，柳叶随着走动一摆一摆，不仅好看，而且还有一股苦涩又清香的气息弥漫在头顶。

除了魅人的春色外，柳还与清明紧紧地联系在一起。每年清明，家家户户都要折柳、插柳，这是一个延续了千年的古老习俗，所以清明节又一个说法叫"插柳节"。插柳有多种形式，有的插在家居的门楣上，有的戴在头上。民间有"清明不戴柳，死后变黄狗""清明不插柳，红颜变皓首"的说法。柳枝插在门楣上，其文化含义在于避邪除灾，民间认为这样做图个吉利。另外柳枝插在门楣上，意味着家庭兴旺，而把柳枝插在头上，为的是求生保健，青春永驻。

拥有柳树的村庄是一个无限温馨、令人向往的地方，一排排的柳，清荫翳日、翠带牵风，创造了一种清新秀雅的气氛，正如梁元帝萧绎所说的"杨柳非花树，依楼自觉春"。试想正是如此，清晨起来，沿着柳林穿行，满路清荫，伴着几声清脆的鸟鸣，偶尔会有一两滴露珠滚落下来，凉生颈际，于恬适、惬意中不觉就走出了很远。即使是在寒风凛冽、滴水成冰的严冬，地面上满铺着积雪，柳也不是衰颓、沮丧之态，依旧温存地摆荡着枝条，使人们记起往日撩人的春色，憧憬着充满希望的未来。

我觉得绿叶纷披的柳来自大地深处,是逝去的长辈们借助春深的土地送给我们生生不息的祝福,它会让惦记春天的情愫与追念故亲的缱绻,同时在心里款款浮动。无边的柳色也是清明浸泡的一杯春茶,它唤起的是一种明媚的感觉,是我们对于故人、物事的一种追忆、向往与缅怀。可是随着时光的流逝,不管是城镇还是乡村,曾经随处可见的柳逐渐减少,以至于清明时想亲手折几枝柳条都成了一种奢望。因此,我在心里真诚地祝愿,在明彻而充满温馨的春光里,你我永远有个清新、明朗的清明节,永远有无边的柳色。

油菜花开满目春

　　油菜花是一种独属于乡村的花儿，它让乡村住进了花色里。每年春天，油菜花都会悄然绽放，仿佛是一夜之间，满地绿野突然金浪涌动，变成一层层、一浪浪的黄色海洋，润物无声的明黄，一层层津过来，氤氲着、稀释着，一阵浓过一阵的香气，褪去泥土的褐色，熏亮天空的云层。油菜花凭着无数的花瓣，给大地插上无数的羽翼，一切因此而轻盈、透亮、欣欣然，是那样的鲜亮热烈，那样的悦人耳目。那种气势、那种壮观、那种蓬勃，让所有的人心有震撼。

　　油菜花是带着泥土香味的花，单朵的油菜花，只有一种色调，小小四个花瓣，简直难称其为花。所以，它难登大雅之堂，以至于少见历代文人骚客留下赞咏它的诗篇，唐诗宋词元曲这些千古典籍中也鲜有描绘它的词句。所以，油菜花是庄稼花，泛着土意。它也从不矫揉造作，真实地生长在大自然的怀抱中，安安静静地在属于它的花期盛开。油菜花落，就长油菜籽，没想也没惦记化作泥土碾作尘的事情。当你在某一个清晨醒来，你会发现满地金黄的花忽然少了许多，换之的是一根根细长的油菜荚，向四面八方骄傲地竖立着，密密麻麻又旺盛地生长着。就这样,油菜花开得灿烂,落得干脆,落下花瓣,让一粒粒油菜籽充盈枝秆,农人们待菜籽荚鼓胀、饱满、干爽、开裂时,就砍下油菜秆,收油,油菜花也结束了一年一度的辉煌。

看到油菜花,立时会有一种触动:色香。那是颜料调不出来的色彩,是语言无法表述的芳香。单枝的油菜花构不成艳丽,它们追赶队伍似的在垄渠边、地埂上奔跑,后面的推着前面的,前面忽而又推着后面的,熙熙攘攘、拥拥挤挤,一股青春的气息也就浓烈地散发出来,仿如大朵夸张的野花,灿烂在蓝天下,让人感到花的力量、色彩的力量,放眼望去,一大块一大块的黄,整齐细腻、明朗热烈、恣肆无忌,黄得耀眼,不避不让,让你看个真,看个够。

一畦畦碧绿的麦苗,一片片金灿灿的油菜花,绿苗泛波、黄花如海,清溪潺潺,炊烟袅袅,这便是我记忆中的故乡春光图。家乡的油菜花也寄托着我的童年乐趣,每到春天,一簇簇、一片片的油菜花随风起伏,把阵阵浓郁的芬芳洒向十里八乡。清澈见底的河里,成片成片油菜花的倒影清晰可见。碧波映黄花,花在水中开,水在花中流,烟雨蒙蒙,影影绰绰,使家乡的灵秀又多了几分神奇和魅力。

孩童们放学以后,喜欢在油菜花丛中的田埂上放风筝,风筝在金色的花海上起伏。蜜蜂围着油菜花嗡嗡哼唧,时而翩翩起舞,时而辛勤采撷;小伙伴有的放风筝,有的扑蝴蝶,有的捉迷藏,嬉笑打闹,金色的花海中不时传出童真的笑声,此情此景,正如南宋杨万里所描绘的:"篱落疏疏一茎深,树头花落未成荫。儿童急走追黄蝶,飞入菜花无处寻。"有时候,我会揣着"少年维特"般的烦恼在金黄的花堆里奔跑，累了，便坐在布满青草的田埂上，淹没在美丽的花潮中，那些花儿一朵连着一朵，一簇堆着一簇，组成了一道屏障，好像将我心底的烦恼忧伤全部阻隔开来。

家乡的油菜花一年一年地开，一年一年地逝，年年蓬勃着辽阔和生机，总是让我不禁想起老家村子里的女子，她们默默地美丽，默默地嫁人，默默地再生出美丽的孩子。后来，我离开家乡，走南闯北，才知道油菜花不仅仅家乡独有。但是，无论在哪里看到油菜花，我都有着一样的兴奋，一样会怦然心动。不仅仅因为景色的壮丽，更因为那灿烂着大地、温暖着人间的金黄色让我倍感亲切，会在瞬间把我的思绪带回魂牵梦萦的故乡，带回清新宁静的田园。

春风正暖桃花满袖

桃花是一种美丽的植物，也是乡村最具风情的花。每年的春天，娇艳无双、风华绝代的桃花，让乡村成了迷人的粉色世界，也给乡村插上无数的羽翼，一切因此轻盈、透亮、欣欣然，那种气势、那种壮观、那种蓬勃。

村庄与故黄河之间，有一条又长又宽又高的大坝。大坝的土质适宜种植果树，于是乡亲们便将大坝开辟成了果园，在上面栽满了桃、杏、李子等果树，最多的是桃树。每年的春天，或是到了瓜果飘香的季节，大坝就成了周围十里八村人们羡慕不已的风景线！除去大坝，村子里的房前屋后也点缀着一棵又一棵的桃树，同大坝上的桃园共同织成了一道异常美丽的景致。奶奶常说，每一朵花便是一个女子的精灵，可是面对那满园满村的桃花，又将是多少如花的女儿所成呢？

温软的微风悄悄送来了花香满径的春天，说不清是哪一天早晨，村里村外、院围墙根的桃花便悄然绽放了，一嘟噜一嘟噜粉嫩嫩的花儿，疏疏朗朗点缀在一棵又一棵的桃树之间。望着那如远梦一般温柔洁净的桃花，就像是赶赴一场美的盛宴，在它透明、清爽、宁静的花瓣里，深藏着丝丝看不见的柔情，总是令人不由得心旷神怡、荡气回肠。风中裹着挥之不去的淡淡花香，萦萦绕绕的，竟连梦也熏出浓浓淡淡的香来。

　　也许是积淀了太多的激情，桃花开得很厚很密，把树叶表演的空间都挤没了，只让一串串拥拥挤挤的花蕾串满了枝头。枝丫上的花球都饱满成熟地绽放开来，灿烂而又迷乱的花朵，一条条地开满一树，一根花梗里多则生出七八朵，少则四五朵，团团簇簇有如凝脂。映入人眼帘的，则是一树净溜溜的花，没有一片树叶，让人不禁感叹世界怎么可能会有这样美的花树。特别是夕阳西下时，如同一幅经过渲染的油画，美得让人疑似不在人间。

　　那些络绎绵延、堆白叠粉的怒放的桃花，形成了一番耸人的气象，豪华得简直不近情理了。无论是近观还是远望，都有着一份"浓妆淡抹总相宜"的韵味。远远望去，那繁花滚滚的样子如一江东流的春水，浩浩渺渺、恣意地绽放着，云一样地积聚，雾一样地弥漫，像一个迷离的梦境。走近了看，那粉嘟嘟的花色，恰如少女温柔的脸，清爽而又明净，让人感到可爱可亲，让人忍不住地去疼惜。

　　如醉霞绯云般争奇斗艳的桃花，给村庄带来了一个绚烂无比的春天，是那样的扣人心弦、动人心魄。从前我们家在一个坡地上，上面都是桃树。春天的时候就特别热闹，满坡都是粉嫩的桃花，花朵光滑而又无限的柔顺，包含着感情的色彩。在月光极好的晚上，桃花就更加引人瞩目了。月光落在每一片花瓣上，细腻而均匀，美丽极了。满眼都是不食人间烟火般一尘不染的桃花，它们就这样熙熙攘攘、热热闹闹地竞相开放着，像一朵朵冰凉的火焰，让人觉得寂静而神秘。

在我看来，桃花是有性格的。黎明时分，夜气和露水浸润着的褐色的树干像刚刚出浴的小腿，嫩绿的叶片湿漉漉的，桃花也沾满了星星点点的水球，宛如少女青春的唇，整朵花都是水意。在阳光晴好的日子，桃花就像驻在枝头的蝴蝶，没有风，也会微微抖动想飞的意思。微风过后，繁如群星的花蕾中有几许花瓣寂然而落，既没有前兆，也没有过程，就落在泥土上了，过了一段时间就化作泥土了，让人不由得想起"红雨湿衣看不见，闲花落地听无声"的诗句来。

"春来遍是桃花水，不辨仙源何处寻。"与那些"桃之夭夭，灼灼其华"的花儿相守到老更是一件无比浪漫的事。我也在内心深处不由得告诉自己：岁月无声，且让我们心存一份感恩的温柔，在人生的漫漫征途中永远步履从容、神情安然，也祝愿春天的桃花永远明丽繁盛，永远芳菲无限。

一树紫桐花

　　泡桐是一种俊美的树，它不仅枝干亭亭、树冠如盖，还盛开着淡紫色的花朵。它的花朵很大，犹如婴儿的手掌，一枝枝、一簇簇，像结伴而来的天使，婀娜多姿、千姿百态，每一大枝都会分出若干小枝，小枝上缀着一簇簇多少不等的花朵，有的五六朵，有的十几朵，有的甚至达到几十朵，在半空中亮得耀眼，那凌空开放的姿态让人都为之仰望。

　　在老家的村子里，泡桐树随处可见，只需要春风一个温暖的招手，紫色的桐花就站在高枝上，向人们吹响紫色的喇叭。四五月份的乡村是紫桐花的世界，几场春雨过后，到处都是如海的繁花，每个枝头都挂满了一串串的喇叭花，那些花朵挤挤挨挨梦幻般地盛开着，它们和着树的影子在风中摇曳。那一树树桐叶像一把把撑开的大伞，在一丛丛粉白、淡紫的花间伸展着，成为村里一道特殊的风景，也甜蜜了浸泡在紫桐花里的童年时光。

　　泡桐树最早受到人们的喜爱，是因为泡桐树生长得快，容易成材。那时候，一棵成材的泡桐树可以说是堪称大用的，儿子结婚时可以做家具，女儿出嫁时可以添做嫁妆，老人去世了可以做棺材……可是后来，那一树的桐花让人领略了泡桐树的观赏价值。于是，村里人在房前屋后都种上了泡桐树。每到四月份的时候，那紫色的桐花照亮了村庄，也照亮了所有人的眼睛。

紫桐花开的时候，空气里也多了一份淡淡的芬芳，甜甜地吸引着一个个充满稚气的目光。记得小时候，女孩子会在树下捡拾落下的桐花，再用线穿起来，当作项链挂在脖子上，不仅漂亮非凡，而且香气袭人。我们男孩们便会爬到树上摘桐花、喝花蜜，那花儿带着小小的形如铜铃般的花蒂，去掉花蒂，就露出一小节白白的花茎，放进嘴里吮吸，甜滋滋的，醉了童年的心，一边吮吸着花的芬芳，一边天真地笑着，小脸似乎被紫桐花吹开了、吹红了。

奶奶在世时，常说"栽下梧桐树，招得凤凰来"，因而儿时的桐树总连着一个极其美丽的梦。在桐花开放的时候，我便殷切地期待着凤凰的到来。可是始终不见那种美丽而神秘的鸟儿。后来，奶奶说凤凰来的时候人是看不见的，可是她飞落的桐树却会长满幸福，因而我儿时的桐树是一棵幸福树。桐树在奶奶的故事中，一季季、一年年地生长着。我们也在吮吸桐花的甜蜜声中，送走了一个个单纯快乐的日子。

"凤翱翔于千仞兮，非梧不栖"，能引来凤凰的桐树，自然是神奇的植物，也是我所喜欢的植物。离开老家后，很少能看到桐树了，但幸运的是新居的窗外有一棵高大壮硕的泡桐。每年春天，那开满花儿的树冠会尽情地舒展开来，那熟悉的气味也会弥漫整个房间，淡淡地沁过我的喉咙，在心底凝结成一股清凉的甘泉。在我看来，能有一棵泡桐树相伴是一件很幸福的美事，于是在我的殷切目光里，淡紫色的花雾褪去后又着了绿的装，等到秋天了，枝丫上会坠满桃型的果实，风吹过，哗哗作响，似乎在向人们诉说着生命的悲欢离合。

　　后来，每当桐花刚刚开始展露花蕾的时候，居住在乡下的朋友便邀请我去看桐花。每次在很远处，就看见桐花如白雪轻雾般覆在枝头，近看则见一朵朵如响铃般成簇盛放在枝丫之间，不时有朵朵桐花打着转落下，如诗人所言"有一种翩翩落入凡尘的美感"。小女看着地上的桐花，连忙一朵一朵地捡拾起来，时不时地还舔食起蕊内的花蜜。午餐时分，朋友把饭桌摆到了桐树下，煦暖的阳光照在身上，舒坦极了，稍坐片刻，便有桐花静静落在我们的肩上和头发上，此情此景令人沉醉不知归路。

　　"秀木垂荫，清芬涵露，恍然有凤来。"淡淡的紫桐花，高雅、纯洁、朦胧、优美……那一树淡紫色的芬芳，就是一片明亮和灿烂的春光。一年一度盛开的桐花，在我的印象中永远是那么的清晰美丽、风韵十足，它们会让我追念那不知何时逝去的旧日时光，会让那美好的回忆常驻心田。

弥漫的艾草香

艾草是一种古色古香的野生植物，千百年来，幽苦的清香一直氤氲、萦绕在民间的烟火里，是那样的真实、那样的洁净。我对这种有着特殊芳香味道的艾草情有独钟、另眼看待。"艾草青青麦穗黄，粽子浓香五色长。"在每个弥漫着草香的节日里，我的情感也会如春潮一样涨满心房，回想起许多清晰的往事。

艾草是家乡比较常见的植物，无论是田间地头，还是沟坎河畔、房前屋后，随处都能见到它苍绿色的身影。艾草的生命力极强，割去一茬，新的一茬很快又会长出来，即使秋后蒿秆枯萎了，一把火烧了它，来年春风一吹，它又会固执地探出一簇新绿，并且疯狂地长成一片蓬勃的葱郁。艾草笔直挺秀，除根之外全绿透了，叶背和茎上的绒毛像婴儿的汗毛，在阳光下有一种不耀眼的晶亮，给人一种不能言传又不失美丽的朴实。

年少的时候，每年的端午节清晨，当我从梦中醒来，就会嗅到扑鼻而来的艾香。我知道，母亲披着晨光、趟着露水割来的艾草，已经挂在小屋的门框上，阵阵幽香的艾叶给家增添了浓浓的节日气氛。年幼的我不明白是什么意思，会问挂这个有什么用？母亲瞪着我说："这是驱邪的，把艾草挂在门口，毒虫鬼怪就不敢进屋祸害人了。"除了驱除鬼怪、保佑平安外，艾草还有诸多的用途。艾草制成艾绒，能灸病驱蚊；艾草煮的鸡蛋称艾叶蛋，酥香可口，有清火消炎的功效。艾草还具有理气血、逐寒湿、温经止血等作用。记得小时候，若小孩受寒感冒了，父母会用晒干的艾叶泡一大碗茶，连续喝上一两天，感冒便好了。印象最深的一次，我不小心把脚扭了，脚踝青肿瘀血，回家后，母亲熬了一锅的艾水，让我把脚浸泡在热腾腾的艾水里，几天后，瘀血散去，伤痛痊愈，功效很神奇。

从此，我喜欢上了艾草，那清苦浓烈的香味、那混含着泥土和阳光的温暖气息，让我一下子把它记在心中。随着年龄的增长，我知道了艾草与一个诗人有关。它跟那个倒霉的诗人四处流浪，他们经过的地方，毒蛇、蝎子、蚊子、臭虫之类的毒虫，慑于那种异香便远远地遁去了。为了纪念那位诗人，为了驱虫灭灾，一到端午节，家家户户就会采来一束束艾草，悬于门楣之上。后来，我很留意关于艾的文字，了解它在中国传统文化中的丰富内涵和在民风民俗中的重要地位，如《诗经》曰："彼采艾兮，一日不见，如三岁兮！"《孟子》云："七年之病，求三年之艾。"《本草纲目》载："艾草气味苦，微温，无毒，治百病。"

随着岁月的流逝，我日渐远离了老家，但我与那平凡而神奇的艾草却藕断丝连，依然铭记着"端午时节草萋萋，野艾茸茸淡着衣"的习俗。每年的端午节，我都会去菜市场买些艾草，不为驱蚊，也不为避邪，只是喜欢那种苦香味，似蒿草，像野菊。有时我会把艾草在手里轻轻搓揉，青青的汁液染上了指端，任凭那浓烈的香味和苦味把自己重重包围，清苦的香味就像我蕴藏的心事，在五月的田野里弥漫开来。闻着那艾草的香味，我觉得是那样的芬芳、亲切与可爱，我也似乎闻到了家乡的味道，闻到了妈妈包的粽子的香味，唤起了我心底那份美好温馨的回忆。

　　艾草是一种叫起来就暖透心扉的草，它不像一些植物把自身的价值投注在一次美丽的绽放、一次骄傲的展示上，它的每一叶、每一茎、每一根都有其价值，不用张扬，自有人注视，自有人爱。摇曳多姿的艾草，给故乡俗常的生活增添了许多生动的日子，也给予了我许多的乐趣和甜美的回忆，并时常在我的乡梦里摇晃。岁月如流，谁能忘记与生命相依连的东西？艾叶青青，永远长在我生命的怀念里，生动蓬勃，我也期盼家家户户的门口都插着艾草，让它历久弥香。

荷色生香

荷是童年生活中最美的回忆，也是夏日时光里最动人的存在，如果缺了它，夏的时光不知要削减多少的情韵。老家在故黄河畔，到处都是水波潋滟的池塘，每个塘子都常年生长一池的荷花，可以说是村子内外最美的风景。

荷是一种以集体形象出现的植物，奋发蓬勃，无论出现在何处，都会构成一种净化、一片清爽。每年的夏天，带露而开的荷花，一朵又一朵，像一场香艳鬓影的盛会，池塘则是一种华丽的气息，各逞娇丽，绿叶衬托着，益添娉婷的姿态，酣恣的红香、幽深的碧绿、浩渺的烟波，真是美不胜收，给朴实无华的村庄增添了一份难得的活色生香。

先是星星点点的荷叶点缀水面，慢慢地，那小小的荷叶不断增多，不断长高，叶片也不断变大，如铜钱、如小碟、如碗口、如钹镲，密密匝匝地逐步占据了整个荷塘。待那一大片一大片的绿色接踵而来时，荷花便接二连三地从水里冒出来了。先是含苞欲放，后是半遮半掩，欲语还羞，最终还是禁不住芳心的触动，露出了美色，该白的白，该红的红，红白相间，自成"十里香风红粉聚，采荷歌动采荷船"的娇妍美景了。

  荷那粉嫩，那风姿，常常引起孩子们的花一样娇嫩的惊呼。我们最喜欢到荷塘去采荷叶，把它做成斗笠或阳伞，或是采摘早熟的荷蓬，玩得更可以不受拘束，也没有人干涉，那真是一段让人无比怀念的馨香时光。随着时光的流逝，我对荷的感情却没有变。后来上中学的时候，要经过生长着一片葳蕤美艳的荷塘。每次经过时，我总要停下脚步，看着荷的叶子一天一天地长大，看坚挺的茎像一只只刚强有力的手，迎着风，沐着雨，将叶子高高地从湖上举起，同时举起的还有粉红或洁白的花朵。

  在柳阴下，听着蝉声，欣赏那一池绿色夹杂着粉红或洁白的荷塘，不禁让人痛快淋漓、心驰神往。荷花可谓是千姿百态，行色不同，或娇憨，或妖娆，或淡雅，或孤傲，每一朵都有着一种特立独行的美，千娇百媚惹人怜惜。难怪，杨万里称其为"恰如汉殿三千女，半是浓妆半淡妆"。有一次，我停留了大半天，贪婪地想将它看个够，期望那些硕大美丽的粉色香红能印进心里，融入血液，因为美丽的东西看多了，就会成为自己生命的一部分。

  记得有一年，叔叔承包了一个大鱼塘，种了一塘子藕。荷花盛开的时候，似乎没有涯岸，真真正正是"蒲菰绿映海坪天，出水荷花别样鲜"。那荷叶接天的壮观和荷花映日的美景，给人一种失语的茫然。乘着小船在那一望无际的荷丛里穿行，心胸好像一下子扩大了好几倍。还有一种乐趣就是彼此隔着荷丛喊话，看不见人，却听得见声音，这给了我们无穷的神奇的感觉，就像诗人所吟咏过的"若耶溪傍采荷女，关隔荷花共人语"。此时，荷花浓郁的香气使得我的呼吸也感到紧迫，我完全沉浸在一种微醺的境地，被它迷惑，陶醉。

荷是夏日里美的植物，除了愉悦感官之外，还可以满足味觉的享受。最能体现荷叶清香的做法便是荷叶粥了，在炎炎的酷暑时节，喝上一碗清爽的荷叶粥，是一种难得的享受。此外，荷叶还可以用来泡茶、做饭、做菜。母亲最常做的是荷叶粉蒸肉，将新鲜的五花肉切成厚片，用料酒、酱油、糖、葱、姜、蒜腌渍半小时，然后用自家石磨碾成的米粉拌匀，最后用荷叶包好，再用棉线扎紧，放入锅里蒸透即可。蒸熟时，飘溢的荷香夹着肉香，还没有吃到就要咽口水啦！

荷，如美人；荷，如君子。在我的心里，总是有着这样的一池碧水：光波潋滟，微风乍起之中，那满池的荷袅袅婷婷地在荡漾的水波里，便如含羞美人一般，裙裾飞扬，娇颜欲滴地翩翩起舞。

稻子开在田埂上

  水稻是乡村主要的农作物，不仅构成了乡村生活最动人的风景，而且也生长在我的整个童年和少年时代。我认识水稻是从一粒粒饱满坚实、光泽诱人的大米开始的。在那个并不富裕的年代，喂养我长大的香喷喷的米饭永远让我难以忘记，睁开或闭上眼睛，都有那如玉般的米粒涌来，那甘美的滋味，早已注入我生命的脉管。

  水稻的生长周期是短暂的，也是艰难的，要经过育苗、插秧、扬花、孕穗、开镰收割等诸多程序，其中还要经历突如其来的暴风雨等自然灾害的侵袭，才能完成它短暂而又绵长的一生。它的生命是从一粒粒粗糙的种子开始的，它们渺小如沙，却仿佛隐含着一个美丽的童话。在一场透雨和三两声蛙鸣后，秧苗便绿油油地长成了，平时熟悉的田埂就忙碌起来了，拔秧的、甩秧把子的、打埝的、插秧的……人们都光着脚丫子在田埂上、在水田里来来往往，没个歇。

  要不几天，水田里都插上了绿油油的秧苗，它们就在人们的期待中葱绿地勃勃生长着，几乎是一天一个样。这时，最有趣的事是和父亲一起堵水。夜晚的田野上一片寂静，青蛙也懒得叫,远处有几只萤火虫在高高低低地飞,像在跳舞,父亲借着月光或是星星的微光,查看稻田地有无漏水,而我则会不知疲倦地捉青蛙、扑萤火虫,直到父亲全部查看完才回家。就这样,水稻白天接受阳光的抚摸,夜晚开始拔节、生长。

除去堵水,稻田地遇到暴雨时,还要开口放水。这时候也是孩子们捉鱼抓虾的美妙时刻。只要在出水口的地方,放一只竹篓子,就能抓到好多鱼的,有鲫鱼、鲤鱼、虾、黄鳝和泥鳅等。无论捉到什么,我们都高兴无比,连蹦带跳地跑回家,赶紧让母亲做成可口的美味。可能是因为亲手抓的原因吧,那鱼儿美味无比。时至今日,稻田地里什么鱼儿都没有了,只有稻子,只有那份美好的回忆了。

打过几次药后,水稻便开始扬花了。扬花后的稻穗一天天沉重起来,并渐渐弯下它们的身子,仿佛是在聆听着大地的呢喃、水的躁动。到了秋天,就成了一幅金黄的油画了。置身于稻浪间,太阳闪动着耀眼的金光,爽朗的清风吹拂着衣襟,你可以真切地感受到四处氤氲着芳香。此时,秋天更黄了,仿佛是生命重新来了一次轮回,一次比一次热情、浓烈。面对这丰收的景象,所有的人都会毫无顾忌地流露出一份喜悦与幸福来。

当秋风拂动农事,弯镰的光芒便呈现出来,田地里顿时呈现出一种热闹非凡的场面,收割机的马达声、丰收的欢笑声、儿童的嬉闹声……汇聚成了一首美丽而动人的乐曲。收完稻子,我又看见沙粒般细小的种子,它们如同一个个的精灵,在阳光下欢快地跳动,闪耀着夺目的光芒。我知道生命的全部意义都已经浓缩到一粒粒小小的种子里,它们将从一个季节到另一个季节，从一只手传到另一只手，使生命丰满而富有活力。

收去稻谷的田野，在碧澄的蓝天下显得分外辽阔，显得格外寂静。可是这种寂静很短暂，要不了几天，田地又迎来了新一轮的耕种。此时，稻草被一垛垛地堆积在地头边、河沟旁，继续发挥着余热，如用来烧火、养猪……我记得，小时候，冬天褥子下常常铺着稻草织成的草苫子，被太阳晒过的稻草散发着暖烘烘的清香，半夜里翻个身，稻草发出窸窸窣窣的细微声响，于是梦境中又看见了一望无际的黄。

水稻也曾被我忽略过、遗忘过，那是在我刚刚离开家乡的岁月里。数年之后，当我又看到了这些熟悉高贵、长势动人的植物时，好像看到了我日夜思念的爱人。站在田埂上，稻田淹没了秋风和虫鸣，淹没了祖父和祖母的坟茔，四周的水稻一直伸延到我的脚下，身后是平静的村庄，迷人的炊烟正在袅袅升起，泥土的气息在周遭游动。我就这样久久地驻足凝望，感到了一种满足的幸福，因为我知道我就是在这片庄稼地出生的，并被这片庄稼滋养着成长、迁徙……

每当到了水稻疯长的季节，我感到自己仿佛被一种力量牵动着、召唤着，一个人内心的美好被扎扎实实地唤醒，我会情不自禁地想起绿油油的秧苗、结满谷粒的水稻、黄橙色的芳香四溢的稻草，它们在我的记忆深处生长着、摇曳着。

芦苇草

芦苇是极其平淡朴素的植物，只要河滩上有点水就能蓬勃生长。它生长得繁密而不压抑，柔韧而挺拔地立起，如同清灵幽丽的丝带摇曳风中。亘古以来，它们就一直以这种姿态凝望着身边的土地与湖泊，张望中，多少历史已蹒跚而去，它们安心地生活在自然的环境里，幸福而平和。在我的记忆深处，芦苇刚柔并济，于柔弱中显出坚强。无论季节如何变迁，时光怎样流转，它的繁盛与美丽都会凝成我忘不掉的秋月春花。

我的老家在故黄河边，有许多望不到边的芦荡，远远望去，无边无际的芦苇如毛毡般铺在宽阔的河滩上，绿茵茵的，在黄色的土岸与灰蓝的流水之间隔离出一道美丽的风景。连河流中本该属于河水的地方，只要露出一点空地，芦苇就会在那里洇出一片嫩绿，翠玉般在河水中增添出一片亮色，更多的是一片接着一片的芦苇，密密麻麻地挤满几乎不留一点空白的水面。苇荡里偶尔也有一小片芦苇稀疏的地方，这儿长满了丰茂的野草，有水稗子草、芨芨草、野荞麦和许许多多不知名的野草，以及红的、黄的、蓝的、白的姹紫嫣红的小花，我和小伙伴们喜欢把羊群赶进芦苇荡，让羊儿在这儿自由自在地吃草，而我们则在芦苇中穿梭、玩耍，不时有水鸟从苇光荷影中振翅高飞，或从波光粼粼的水面轻轻掠过，神秘而又浪漫，让我们萌生了一种动人的想象。

芦苇春天飞绿，秋时着花。新生的芦苇油润闪亮，一眼望去，尽是清新而鲜亮的神色，滋生出一片葱茏。虽是新绿，却没有什么比它们更能令人感到生命的无比蓬勃，领悟到色彩的纯净与繁复，体会出春季的明朗与纯粹。那些细细的苇叶编织成了翠绿的空间，在夏日的阳光下更加油亮，现出水纹一样流畅的痕迹。放眼望去，视野内全是长得密密匝匝的芦苇，微风拂过，那绿色的海洋发出了清澈、单纯的声响，并且夹着风的轻柔和水的灵动，让人的呼吸都带着青青的草色。秋风一吹，芦花飞扬，天水间都舞动起柔和的白色，雪海似的。一枝枝芦苇，婷婷地立于风中，柔白的花，在阳光的抚慰下，仿佛是一枝枝轻柔而优雅的小夜曲，透着一种音乐的美，一种朴实但却超脱的美。而隆冬季节的芦苇荡，则是黄澄澄的一片，在阳光下闪着一种别样的光泽。

我喜欢看那些不受约束、肆意生长的芦苇，它们充满着生命本身的欢乐。它看似脆弱，实则柔韧，在水边漫无目的地生长，所透出的是压抑不住的勃勃生机。单根芦苇是脆弱的，也成不了景致，它的生存形态是群体的，比肩而立、相互呼应，大片的绿色一旦连接成神秘的屏障，变成了荡，其力量则无穷无尽。风一吹，每一枝芦苇都在沙沙作响，千千万万的芦苇在一起，声响就相当浩大，低沉而细密地充斥于天地间，有时便会响起一种金属撞击般的声响，铿锵有力、咔嚓作响，像古战场上千军万马在厮杀，金戈铁马，扣人心弦，拥有一种凛凛的威仪和众志成城的气势。

有一次，和朋友乘着小船进入苇荡深处，只觉得陷入一个迷阵中，四周静谧寂寥，密密挤挤的芦苇发出沙沙的声响，似乎在倾诉着什么。当小船顺着河道穿行，两边的芦苇分开又合拢，像一片辽阔的草原，被一只鹰飞翔的翅膀划开又迅速地合拢。苇荡把我淹没了，那一片片的芦苇高过我的头顶，也高过头顶的天空。人在其中，能充分感受到一种"菰蒲逸云，云烟苍茫"之美。错综复杂的芦苇荡，十分幽深，诱惑着我向着未知的方向前行，时间、流水、人生在这里相互碰撞、偶合，无言的，只是这份悠远荒古的沉寂在芦苇荡里一泻千里，刹那间吸纳了我行走中所有的困顿与疲惫。于是芦苇的气息一次次向我浸漫来，那种流着汁液的绿波又一次抵达我的灵魂深处，让我的思维在那绿色中窜回，让我迷失于那无边的苇荡中了。在这泛着水汽的苇荡里，我的内心张皇而喜悦，我感觉自己就像一张浸漫汁液的苇叶，开始葱郁、舒展地生长了。天地无声，我通过一株株风中摇晃的芦苇体验到命运的厚重。

在《诗经》里，芦苇是高贵的植物，一直以来紧紧地与爱情相濡以沫，象征着坚贞不渝的爱情。而芦苇在我的心中则是一种崇高的记忆，它们灵动的影像时常出现在我的面前，轻灵、飘逸、迷离似梦……我记忆中的芦苇是由童真的纯净以及少年的向往和另外一点点忧郁浸泡的，因而总是鲜活的，鲜活到汹涌澎湃。记得那时芦苇青青、芦花片片，于风中顾盼生姿，像是自由的精灵，在远离俗见的淡泊中独守那一方瘠土，兀自潇洒、兀自倜傥。那高挑的筋骨，奋力将人生的诗意一缕一缕地点亮，那亮丽的芦叶，就如同一抹灿烂的微笑，将沼泽的凄凉与艰辛浓缩成了永恒的沉默。

在芦苇这个翠生生的旺族里,有热腾腾的生活,有悠长长的历史,有亮闪闪的精神,也有一个经历过无数风雨历程的灵魂。在人生的路上,芦苇已成为我的一个坐标,所标记的是诗一样的生命状态,是一种愉悦情感的美好,更是一个精神上的持守。每当我想起那密密匝匝的芦苇,就好像自己正站在历史的长河边,在风中等待一段远去的音尘。我便恍然停歇于一个古老的驿站,亲切而熟稔,纵使岁月枯去,积淀的依然是精神不老的容颜。我的生命便发出一种彻底的声音,是从浩渺水云间往来不息的声音,就像河滩上那一望无垠的生生不息的芦苇,此起彼伏、摇曳永远。

采一枝茱萸回家

茱萸是一种古老的植物,它在民风民俗中有着丰富的内涵和重要的地位。同时,茱萸又是一种蕴涵着潮润、丰美和神秘气质的植物。千百年来,一直深受人们的喜爱。对于乡民们来说,茱萸不仅是一种辟邪之物,也是一种能改善生活的中药材,能给贫困的生活带来些许的安慰。

老家不仅有水,还有山。那绵延不绝的山给贫困的乡村生活增添了许多的庇护,也是孩子们的乐园。山上有许许多多的动植物,能食用或是有药用价值的亦不少,诸如三七、天麻、山韭菜、野山枣、枸杞子、茱萸等,阴雨天过后,还能捡到地角皮、野蘑菇等等。印象中,茱萸树也不少,树枝很脆,无韧性,稍微一折,即断裂。家乡的茱萸是一种落叶的乔灌木,清明时节开黄色花,"秋分"至"寒露"时成熟,果子是红彤彤的椭圆形,像一个个的红灯笼一样,可人之极。

在家乡,还有一座名为茱萸的山,因满山遍生茱萸而得名。记得,山的南麓还有一座依山势迤逦而建的茱萸寺,是药师佛的道场。寺庙原名圣水寺,始建于唐朝中叶。相传明时某年秋天,山下村落瘟疫流行,寺里的僧人受药师佛典化,利用茱萸泡泉水治愈病人，圣水寺遂改称茱萸寺，自此声名远播。每年的九月初九，人们都会自发来此集会，时间久了，就成了一处寄托茱萸情思、祈求安康的所在。

茱萸是一种用途颇广的中药材，每年深秋时节，就有收药材的人前来收取。每家每户都有不菲的收成，所以，无论是对大人还是对于孩子们来说，采摘茱萸就成了一件快乐的事情。等到了九十月份，茱萸就彻底成熟了，成串成串的茱萸果挂满了枝头。紫红色的果实压弯了枝头，散发出耀眼的光芒。此时，天高云淡，秋风习习，也是上山采摘茱萸果的时候。山上到处都是采摘茱萸的人，有老人，有孩童，有妇女等等，白天采摘，晚上在家制作萸肉枣皮，见面谈的也多与茱萸有关，说得最多的无非是谁家采的茱萸多，能换多少钱之类的。

等邻近农历九月初九的时候，在采摘茱萸果的同时，大人还不忘叮嘱，要折一些茱萸枝回来。当时还好奇，折茱萸枝干什么用。后来才知道，在这一天佩戴茱萸可以避难消灾，我也曾不止一次地摘了果实，编成圆圈，套在头上，以此为乐。初九那天，母亲早早地就把茱萸枝插在了家的门楣之上，整个村子都弥漫着茱萸的味道。记得那时，奶奶还会忙里偷闲，给我们做上一个茱萸囊，祈求孩子们能远离灾难。茱萸囊有心形、菱形、圆形、方形等等，精巧细致，方便随身携带，既可佩戴在胸前、腰际等处，也可装进贴身衣袋内。

后来，我知道了家乡的茱萸是山茱萸，除此之外，还有吴茱萸、食茱萸。长大后，从书中才得知农历九月九与茱萸的关系，最早见于《续齐谐记》中的一则故事："汝南人桓景随费长房学道。一日，费长房对桓景说，九月九那天，你家将有大灾，其破解办法是叫家人各做一个彩色的袋子，里面装上茱萸，缠在臂上，登高山，饮菊酒。"九月初九这天，桓景一家人照此而行，傍晚回家一看，果然家中的鸡犬牛羊都已死亡，而全家人因外出而安然无恙。于是茱萸"辟邪"便流传下来。

随着年龄的增长，我才发现茱萸不仅是祭祀、佩饰、药用、辟邪之物，还是一种故园的象征。特别是在外出求学、工作期间，因为风土、人情、语言、生活习惯的差别，我便愈发地想念家乡了。每到农历九月份的时候，我便愈发地想念故园的茱萸了，想念山上红红的茱萸果，想念奶奶一针一线缝制的茱萸囊，也愈发地能理解王维的"独在异乡为异客，每逢佳节倍思亲。遥知兄弟登高处，遍插茱萸少一人"。我知道那是一种朴实而真切的眷念，那是一种刻在骨子里的相思。

"茱萸自有芳，不若桂与兰。"金秋时节，正是茱萸成熟之时，但是茱萸却很少能见到了。可是我仍然希望在登高、望远、祈福的重阳时节，会记起茱萸，记起这种曾经赋予了历史芳香味道的植物，在"九月九日，佩茱萸，食蓬饵，饮菊花酒，令人长寿"的习俗中直达幸福安康生活的终点。

烈烈菊花开

菊花是秋天的花朵，也是一种古老而美丽的花。随着秋风的扬起，菊花便携一身淡雅的花香悄然绽放了，那灿烂的美丽总是不经意地温暖着我的心房，让我这个喜欢菊花的人拥有一份淡淡的欣喜！我喜欢菊花的另一个原因，是因为这些质朴的花儿陪伴着我走过了年少时光，一直留给我最深刻的印象，让我不经意又回想起曾经逝去的美丽过往……

小时候，奶奶在院子里种满了菊花。每到深秋，一团一团的花朵恣意开放，它们或倚或倾，或仰或俯，若舞若翔，摇曳多姿，尽极妍态。在金秋蔚蓝的天空下，菊花舒展着腰身，细看那芬芳的菊花，株株迥异，朵朵都卓尔不群，却又一致的风姿绰约、内蕴骨气的堪怜堪爱。印象最深的是那种开着金色小花的菊花，也就是所谓的金钱菊，花瓣打着漂亮的褶，挨挨挤挤的，仿佛凑着热闹的乡下孩子，开得很是灿烂，让人总是忍不住地想要靠近它，沾些季节特有的美丽和温暖！

金钱菊绽放时，映入眼帘的是一片惹人的金黄，黄得那么灿烂，黄得那么鲜嫩，又黄得那么沉静，令人抑制不住地心动。奶奶会在菊花快谢的时候，将它们摘下洗净，晾在秋风里，黑黝黝的院子顿时变成金黄一片，说不上金碧辉煌，却有一番秋收的景象。等到晾干以后，奶奶会把它们装在瓶子里，给我泡茶喝，或是用来装枕头。于是，我的生活中就多了一种菊花的清香，淡淡的却很舒服。奶奶做的菊花茶、菊花枕不仅可以起到清热、败火的作用，而且让我的梦里也带着一些菊花的芳香！

菊花是最易培育的花种，在春夏之交，只见奶奶把菊丛上的头随便折几枝下来，插在泥土中，适当浇点水，一两天后变软的叶子就会挺起来，下面已生了根。到了秋天，就会开出好多的菊花。即便住在楼上，没有寸土之地的人家，也可在阳台上、窗台上种上一两盆菊花，黄的固然是正色，白的、紫的也无妨。这样，每到秋天就有花可看、有菊可对，在熙熙攘攘的生活拼搏中，偶然以疲惫不堪的眼光，于室中望望盆中的秋色，可以充分感受到郊野的生趣。

长大以后，我离开了生活多年的老院子，年迈的奶奶开始用菊花来打发年老的寂寞。在菊花开得最旺的时候，也是我回家看望奶奶的时候。那满园茂盛的菊花，叶子墨绿，十分葱郁，数不清的花苞从花秧里探出头来，盛开的花盘则像一张张娃娃的脸，奶奶一边拄着拐棍，一边笑盈盈地端详着朵朵斗艳的花朵，安宁而祥和。这样的情形便定格在我的记忆中，不能忘怀了。直到那年秋天，菊花刚要打骨朵的时候，奶奶在她的睡梦中安然过世了，我想奶奶的睡梦中，一定会梦到那美丽的菊花。

奶奶去世后，那一院子的菊花由于无人照看，最后被冬天的风雪给冻死了。从此以后，我再也不能够枕着奶奶做的菊花枕头了，再也喝不到奶奶泡的菊花茶了，可是那清新的菊花香却成了我永远的最爱。在繁忙的工作之余，我会为自己泡上一杯菊花茶。随着水的浸泡，干枯的菊花慢慢开始绽放起来，生动起来。那灿烂的美丽总是不经意地温暖着我的心房，在那氤氲着清逸之气的茶香里，我好像看到了奶奶正无比怜爱地望着我，正慈祥地笑着，这也让我不禁怀念起曾经逝去的美丽过往，怀念那段与奶奶有关的温馨时光。

"不是花中偏爱菊，此花开尽更无花。"菊花总带着一些秋季特有的味道，很容易就钻入我的心间、肺腑，甚至是灵魂和骨髓里，让我感到了由衷的清醒和熟悉的温暖。那些美丽而又灿烂温暖的花儿，是最动人最温暖的感触，它们是我人生中永不可少的陪伴，我的心情会因为这些可爱而美丽的花快乐起来、悠扬起来……

点点柿子红

柿子树是乡村最常见的果树，也是秋天里最美的风景。秋冬时节，火红的柿子树如星星之火，将院子、村庄点缀得如童话世界一般。行走在山里，那一颗颗红红的柿子就这么蛮横地扑入视线，点亮眼眸，红得让人眼馋，让人眼花缭乱，让人的心不由为之一振。

柿子树在村子里随处可见，几乎家家户户都有一两棵，或院里或院外。每年十月初，由绿色转为橙黄、橘红的柿子便从墨绿的树叶中脱颖而出，十分耀眼，不说吃吧，单是在屋院里外撑起的这一道风景就够惹眼了。特别是在秋天那高远明净的天空下，渐黄还绿的叶子摇曳飞舞，枝叶间若隐若现，挂起一盏盏橘红的灯笼，红彤彤的，空气里满是成熟的气息，远望就如一片绚丽的云霞，蔚为壮观。

从我记事起，老家院子里就有一棵柿子树，树冠遮盖了半个院子，整个院子因为它而生动起来。我家的柿子并不是那种常见的大盖柿子，它的外形像西红柿，个小，圆圆的，皮极薄，据说是河南一带的名种，叫火晶柿子。熟透了之后，晶莹光亮，呈朱红色，和火一样漂亮，而且皮薄无核，肉丰蜜甜。吃的时候，一手捏把儿，一手轻轻掐破薄皮儿，一撕一揭，那薄皮儿便利索地完整地去掉了，现出鲜红鲜红的肉汁，软如蛋黄，却不流，吞到口里，无丝核儿，有一缕蜂蜜的香味儿，凉甜爽口，味道极佳。

　　柿子对我的诱惑是难以抗拒的，每当柿子变黄时，我便迫不及待地偷偷打下两三个来，虽然味道涩涩的，但涩味里却有不易舍弃的甜香。每年八月十五以后，爷爷去串门，手里总要提上一包柿子，到别人家，从包里掏出柿子来："尝尝，刚下树的。"他的这种馈赠偶尔会得到回赠，诸如一捧花生、枣子，三两个石榴之类的，虽然微不足道，却传递着普通百姓之间的情谊。

　　柿子除了鲜吃，还可以做成半湿不干的柿饼，柿饼的味道比起新鲜的柿子来更有一番风味，它既保存了柿子温润膏腴的滋味，又增加了些许的甜度，尤其是附着在表面上的那一层白霜让人看了满口生津，咬一口，又筋又甜，浓浓的味道唇齿留香。

　　奶奶是做柿饼的高手，先将挑选出的柿子洗净、吹干、去皮后，放在竹席上，令其日晒夜露，待柿子表面干枯起皱，果肉变软时，再一个个压成饼子，这时候的柿子青涩味已经消失，便开始散发出诱人的香甜味道，然后再放进缸里捂，让其自行上一层层白白的霜。等到饼上的霜结得差不多了，从缸内取出来，放在阴凉处摊开风干，直到外面的白霜厚厚地覆盖在柿饼的表面时，才算是真正的美食了。这样做出来的柿饼，不但饼肉柔软，甜而不腻，而且让人品尝一次，便经久不忘。

　　柿子的柄长得特别结实，不管风吹雨打，叶子全掉光了，柿子还是好好地挂在高处，所以在老家，秋冬时节，最美的就是柿子树了。我永远不会忘记那种堪称红彤彤的景观，在灰蒙蒙的天空对比下，柿树的枝条都成了深黑色，而树枝丫丫上却鲜艳地垂着圆圆的柿子，如同高挂的红灯笼，异常美丽，空气里满是成熟的气息，远望就如一片绚丽的云霞，蔚为壮观，给人一种灿烂如火的激情，走出屋门，一眼便瞅见高出院墙沐着阳光的树干和柿子，心里便有了一份动感。

　　红红的柿子总能触动我心底深处的某根弦，事隔多年后，每每走过街头，看到水果摊上红红的柿子，心里便升起一股亲切的感觉，它与年少时的许多往事交织在一起，轻易地就让我回想起那些随风而去的美妙时光。我又忍不住回味起背着父母用竹竿偷打下生柿子的感觉，我又想起天天抬起头望着树上的柿子，瞧着它的颜色一点点变红的情形，我会绽放灿烂的笑容，伴着幸福和满足的心境进入漫长的冬天。

棉是世上最温暖的花

棉花是种最温柔、最美丽的农作物，总让人想起最朴素的爱与情感。儿时的家乡，到处种的都是棉花。在阳光灿烂的日子里，它们开出一地的明朗，温馨着大地和农人的心。春天，刚听到布谷鸟的鸣叫，人们就开始不停地忙碌了。记忆中，母亲好像天天泡在棉田里，双手染满了棉叶的颜色，衣裤鞋子沾满泥水，全身上下都带着棉田里特有的气息。

种棉花是一件费工夫的事情，先是搭塑料棚打棉花钵，等到棚内满目青翠时，就可移栽了，之后还要经过打杈、掐头、打药、摘花等几件大事。打杈和掐头可同时进行。打杈是摘除旁枝，让棉花长骨干。掐头是不让棉花向上疯长，光长了枝干，花就开得少了。掐头简单，枝干的顶摘掉，万事大吉。打杈让人提心吊胆，我总是担心掰错了，我掰掉的枝杈或许是长势最好的，跟在母亲后面装模作样地摘，居然没有挨骂。

在盛夏的热风中，棉花很快就长成了茂密的灌木林，等到棉花开花时，棉田里则是另一番景象。棉花的花儿美如蝶翅，颜色不一，红的、白的，娇艳柔嫩。有趣的是每一朵花的底部都包裹着一个棉桃，初如豌豆，逐日渐长，直至变成一个硕大的桃子形状，那花儿才黯然谢去。在我看来，这只是棉花的第一次绽放，是它青春的炫耀。等到了秋天，棉桃绽开，白色的桔瓣一样的果肉呈现眼前时，那才是真正地开花了，是它一生丰厚的积蓄在展示。

最喜欢那满田的棉桃吐蕊了，放眼望去，似乎是天上的云不小心走失了，一下子掉进棉花地一样，那种白，只配一个词，那个词叫纯洁，纤尘不染，拿手触触，柔软、轻盈，满怀爱意与温暖。大片大片洁白的棉，是我童年温暖的记忆。等大多数花朵全白了，母亲带着我一起去摘棉花。棉田里，母亲头裹方巾腰系棉兜，一会儿侧身，一会儿弯腰，五根手指同时伸向盛开的花瓣，一捏，就将一朵棉花收进棉兜里。母亲的神情专注，动作娴熟，腰间的布兜也越来越鼓，看上去宛若幸福的孕妇，通体洋溢着母性的光辉。

刚摘的棉花是潮湿的，还要在灿烂的晴天暴晒两日。它们被薄薄地摊开来，像天上的朵朵白云落到门前，有时候我也会帮忙翻晒，让每一朵棉絮都尽情吸收阳光的味道和温暖，棉花的清香也会混合着一股湿漉漉的水汽时不时地撩着鼻翼。等忙完一阵后，母亲会瞅个时间，忙着弹棉花、套棉被、缝棉衣、做棉鞋。柔韧的棉裹起秋阳的味道，母亲的手掖了又掖，拍了又拍，看着平坦温厚的棉被和胖嘟嘟的棉衣，她的心里好像就有了着落。

母亲做的棉衣、棉鞋像是一堵厚实的墙，挡住了寒冷，留下了温暖。当我伸手触及的那一刻，一股母爱的情怀伴随着棉花的馨香扑面而来。穿着母亲做的棉衣，走在零下几度的冬天里，就像五六岁、十七八岁分别走在父母和恋人的目光里，温暖而又幸福。记得小时候我最喜欢在新絮的棉被上打滚，尽管时时有被针扎的心悸，但快乐却不亚于现今的孩子跳蹦蹦床。

等我有了女儿后，天气刚刚转寒时，母亲就又开始用新下来的棉花给小女做棉衣了。那温软蓬松又洁白的棉絮，在秋日暖阳的照映下，闪烁着耀眼的光芒。恍惚间，我仿佛又看到了那白花花的棉花地，看到了在棉地里躬身劳作的母亲。每到冬天，小女都会裸穿着母亲做的小碎花棉裤棉袄，不罩外衣，中式的棉袄有些溜肩，使小女看上去清秀而姣好，一张小脸反而更加生动起来。

在我心底，棉花永远是一个既温暖又柔软的词语，也是世上唯一拥有阳光气质的花朵。棉花代表着柔软、洁净、绵白、温暖，从诞生之日起，它便解说并延续着温暖的含义，棉不断，温暖不止。在每一朵盛开的棉花里，都有一滴汗水，都有一丝梦想，都有一丝欢乐，特别是在寒冷的冬日，只要有了暖暖的棉被，就有了温暖。

梅香盈袖

　　梅花是冬天里的花，也是一种很好看的花。花开时的鲜艳、雪天的热烈、踏雪寻梅的逸致等都令人心醉。我对梅花由衷地喜爱，花开时，枝条上都是花，无一空枝，而且长得很密，一朵挨着一朵，挤成了一串。于是满树繁花，灿灿地吐向晴空，那样的热热闹闹，而又那样的安安静静，实在是一个不寻常的境界。

　　记忆中，爷爷特别喜欢梅花，院子里有好几棵粗大的梅树。每年寒冬时分，它们会开出冷艳寒香的花来，非常香，非常艳，那花开得实在繁艳，给人的感觉是热烈的。爷爷最喜欢在月明之夜赏看梅姿。梅花得月光澈照，神美超过了形美，风姿无限，没有什么词语能写出其恰好绝妙之处，有一种超乎美丽的韵致。爷爷就那样静静地立在梅畔，仿佛在与梅花做无言的交流，静极、雅极、灵极，恍然间真如有梅花之魂，淡淡地闲闲地浮动于枝头花间，让人惊奇，给我一种无可形容之美。

　　在寒意盎然的冬季里，一树梅花的开放，正像贫穷岁月出现的黄金，那或洁白或金黄的花色让一双双冷寂的眼睛充满了温情，并且照亮了周围的一切。爷爷对他的梅花是非常珍爱的，平时谁都不能折。只有在春节来临的时候，爷爷才会剪上几枝多数是花骨朵的梅花，插在水瓶中，放在案头清供，屋子里也开始弥漫着沁人的清香，而爷爷嘴里常念叨的是"农家除夕无他事，插了梅花便过节"。

清人陈曼生曾制印一方"绕屋梅花三十树"，显得已经十分奢侈了，能在庭院中有一二株，闲则坐卧其下，忙则坐卧于心，得趣已多。可惜，让人遗憾的是，爷爷去世以后，那几株梅树逐渐在岁月的风尘中枯萎、死去，我只能在回忆里呼吸它独有的芬芳了。为了怀念爷爷，父亲在每年冬天都会买上两盆梅花放在屋子里，任花香弥漫房间。

由于一个偶然的机缘，我在离家不远的山坡上发现了一片不小的怒放着的梅林，当时一片耀眼的光芒使我为之一震。大脑迈过片刻的空白，惊喜攫住了我的心。梅树怪异、风骨铮铮，或肃穆，或豪放，或傲然，或诡谲，每一株都充满个性，弥漫起伏着连绵的洁白。竞相盛开的梅花，云一样地积聚，雾一样地弥漫，似火燃烧，似浪奔涌，似无数个雪天的小太阳闪闪烁烁，每一朵都静静地放着银辉，吐着光芒，温馨而璀璨。这片山坡被这万千洁白的花朵照耀得辉煌而迷蒙，面对这洁白、这辉煌，我萌生了一种从未有过的神圣感。从此，这片山坡也成了我流连忘返的心仪之地。

印象最深的是一个有些薄雾的清晨，我信步来到了梅林。只见雾气之白和梅花之白，像是正在融合，无极的白气包围了梅花，梅花变得那么嫩，嫩得那么娇，娇到快要无迹象可寻的境界，给我的感觉就像一滴淡墨水滴在湿纸上面，墨痕越化越淡，越淡而意境越深，像一个迷离的梦境。此时，雾里的梅花所散发的情韵,却似一个绝世佳人,清晓起身,宿梦未尽清醒,朦胧如醉,晨妆不理,无半点脂粉之染,脱尽了尘俗之羁,伶仃地吹着关于生命、关于风华、关于梦想的曲子,低回中有昂扬的韵味。

"真情像梅花开过,冷冷冰雪不能掩没,就在最冷枝头绽放,看见春天走向你我……"在那段梅香四溢的日子里,我获得了无限的收获与满足,那些辉煌绽放的梅林、那份迷蒙里的陶醉与梦呓,都鲜明而深刻地印在我的记忆里和生命里,让我心存一份感恩的温柔,以从容的步履、安然的神情走向生命所有未知的领域,并直达人生的隐秘之境。

【粗茶淡饭乡滋味】

难舍野菜香

春风吹，野菜旺，随着气温渐渐变暖，野菜就和心中那份朴素的感情一样羞羞答答地生长起来。野菜有着一种园种蔬菜所缺少的清香，虽是一勺之微，吃起来也是别有滋味的。它们伴随我度过了无忧无虑的童年、少年时光，带给了我一种无法用言语述说的情愫，这种情感一直隐藏在自己的心灵深处，一不小心就会勾引出一大片汹涌澎湃的记忆海潮。

阳春三月，气温稍暖，田埂地头、溪边河畔都能觅到野菜绿莹莹的足迹，一片一片、一窝一窝地生长着，十分的耀眼。大气里也飘着各种野菜的芳香，灰灰菜、马齿苋、猪毛菜、苦苦菜、荠菜、马兰头……都是能采集到的野菜。每到春天，孩子们便三五结伴成行，挎着小筐，带着小铲子，来到残留着头一年的高粱秸、棒子秸的春地里挖野菜。暖洋洋的阳光照在身上，春风温和地吹拂着脸面，惬意极了，一会儿的工夫，就都挖了满满的一筐。有时候还会遇到甜八根，到小河里洗洗粘在根上的土，就含进了嘴里嚼，一股带着苦味的清香刺激着我的味觉，味道非常鲜嫩和清心，顿时，让人觉得春天已经来到了。

在诸多野菜中，以荠菜的口感和味道为最！荠菜是野菜中发芽最早的，也是野菜中的上品，历来受人们的赞美，苏轼称"天然之珍，虽小甘于五味，而有味外之美"。生平嗜好素食的陆游更是对荠菜偏爱有加，留下了诸如"唯荠天所赐，青青被陵岗""日日思归饱蕨薇，春来荠美忽忘归"的诗句。荠菜棵儿小，贴着地皮长，一簇簇，一团团，色碧绿青翠，叶瓣上长有密密的小细绒毛，看似不起眼，味道却极其鲜美，不只胜过苦菜、马齿苋之类的，较之白菜、菠菜也别有一股清香。《素食说略》谓"荠菜为野蔌上品，煮粥作齑，特为清永，以油炒之，颇清腴，再加水煨尤佳"。

荠菜最好吃的时候是早春时节，麦地里、河沟旁，都能找到鲜嫩嫩的菜棵，或烧汤，煮后依然碧绿青翠；或剁碎了放入小粒豆腐干用香油冷拌；或是和谷类制作羹粥。记忆中最爱吃的做法是将它与鸡蛋、粉丝、豆腐做馅包包子。每次我都倚在厨房的门槛上等着包子出锅，当屋子里飘逸着荠菜的清香时，也就意味着包子熟了，那留在嘴边的馨香，在多少年后还能感觉到。

除了荠菜，挖得较多的还有灰灰菜，因为比较好找，而且用它做菜也十分方便，只要把它洗干净，晾干水分，用开水烫泡几分钟，然后撒上盐末、拌点葱花、浇点香油就是一道很可口的佳肴了。最不容易找到的是马兰头，这是一种叶上有一层细毛像蒲公英一样的小植物，采回来后，放在开水里烫熟，切碎，用酱油麻油醋拌了来吃，再加上一点切成碎粒的茶干，仿佛像拌茼蒿一样，不仅带着大自然的清新，而且有一股春天里山野的清香，吃起来一种爽心悦目油然而生。

印象最深的是苦苦菜，它的叶子蓬松多姿，就像一个个穿着绿袄袄的胖女孩，十分招人喜爱，尤其是刚刚发芽出土的时候，最是鲜嫩可口。苦苦菜味如其名，味道较苦，但苦中有甘，吃到最后，嘴颊边会有一股让人回味好久的清香。苦苦菜的饮食历史可谓久也，曹植在他的《籍田赋》中曾说："夫凡人之为圃，各植其所为焉。好甘者植乎荠；好苦者植乎荼。"这里的"荼"指的就是苦苦菜。

苦苦菜虽然名字让人生畏，但它却是个好东西，含有多种维生素，有清热、凉血、解毒等功用，特别是春天，吃起来很是败火，比吃黄连素还管用。苦苦菜的生命力、繁殖力是极强的，它既能根生，又能种生，可以从春天吃到秋天。苦苦菜的吃法很多，它不仅能生吃，还可以蒸着吃。我觉得最纯粹的吃法是凉拌，这样能保持它的原味，把菜洗净、晾干后，用手揉搓一番，然后撒些盐、浇点麻油，拌一拌，就是一道上好的菜肴，再蘸点辣酱，味道就更佳了。

野菜代表了一种最朴素的生活，它能够唤醒我们对故园的怀念、对童年的怀念。只是，随着时光的流逝，这样的生活已很难重现了，我们只能在回忆中，一点点地安慰自己，让心灵回归自然。所以说，春天来了，让在屋里闷了一冬的我们，走出家门，到野地里去挖野菜吧，在呼吸新鲜空气、看看新鲜的绿色同时，让身心俱快，收获一份美好与温馨。

舌尖上的乡野花

花是植物的精华,除了观赏之外,许多的花还可以食用,能做出色彩绚丽、清香四溢、风味各异的菜肴来。记得在乡村时,是经常吃花的。那时候,吃花是实实在在地吃,别有一番滋味。

榆钱是榆树的花,也是榆树的种子。当春风吹来第一抹绿色,榆钱就一串串地缀满了枝头,因其外形圆薄如钱币,再加上"余钱"的谐音,因而就有吃了榆钱可有"余钱"的说法,人们会趁鲜嫩采摘下来,做成各种美味佳肴。母亲喜欢把一撮撮的榆钱儿当引子,拌上面、葱花、姜丝,在锅里蒸,蒸熟了,再调入辣椒酱、香油、蒜泥等,吃起来是很有味道的。可是在我个人的经验里,鲜嫩的榆钱最好是生吃,清脆香甜。

吃得最多的花是洋槐花,因为洋槐树是属于乡村的树,几乎随处可见。洋槐树的枝杈大多很高,徒手是不易摘到洋槐花的,而且还有被刺伤的危险,一般用一个绑有粗铁钩的长竹竿,把钩子挂在枝条上轻轻扭动竹竿,枝条便应声而断。摘下来之后,先用手在槐花串上一捋,掌心里立刻满是槐花,当即往嘴里一送,真是又香又甜。摘回家,母亲把它清洗、晾干、拌面，然后上锅蒸，蒸熟之后，浇上蒜泥、香油、盐、味精，很是可口。除了蒸吃以外，洋槐花还有一种吃法，就是先挂面糊拍成饼状，然后用油煎七八分熟，最后勾汤炖熟，有汤有水的，既当饭又当菜。

黄花菜也是经常吃的，它生长的条件不高，小河旁、地沟边，都可以栽上几棵。采摘黄花也有学问，因为黄花一般都在早晨时开放，采收必在花蕾含苞待放的时候，否则花蕾盛开，就损失了营养成分，不中吃了。鲜的黄花菜是很好吃的，清油下锅，除了油之外，唯一的调料就是盐，炒出来是咸中带甜，芳香犹存。清炒之外，凉拌也是很好的，就像明代高濂在《遵生八笺》记述的一样："采来洗净，滚汤焯起，速入漂一时，然后取起榨干，其色青翠不变如生，且又脆嫩不烂。"由于黄花菜中含有一种名叫秋水仙碱的毒素，所以在烹调的过程中一定要让黄花菜彻底塌软，以防中毒。

除此之外，还有丝瓜花和南瓜花，它们都是金黄色的，而且很大。丝瓜花没吃过，基本上是用来喂蝈蝈的，蝈蝈对丝瓜花喜爱至极，花儿一放进笼子里，蝈蝈就会立刻蹿上去，开牙大嚼。吃饱了的蝈蝈，仿佛明白主人的心思，撒开欢儿地放声鸣叫。至于南瓜花则吃得比较多，所吃的花都是雄花，因为雌花是不能吃的，还要留着结南瓜呢，但我怎么也瞧不出雄花和雌花有什么区别，所以，母亲也从来不敢让我去摘南瓜花。南瓜花没有什么特别的味道，但是非常的清口，吃法也比较多，清炒、烧汤、煎饼，味道都是不错的。

到了秋天，就可以吃菊花了。小时候房前屋后都种满了黄色的菊花，若是任其凋落，有点可惜，所以母亲就在菊花快开败的时候摘下食用，用来做菜、做饼、做糕点、做饭、做羹。母亲尤其喜欢把菊花和米同煮，有点类似南宋林洪的《山家清供》记载的"黄金菊饭"："采紫茎黄色菊花，用甘草水和盐焯一下，投入还未熟的饭中同煮，久服明目延年，若得南阳谷水煎者，尤佳也。"我则喜欢菊花羹，黄色的花瓣还像开在枝上一样新鲜，一瓣一瓣散在碗中，不仅色泽漂亮，而且清澈可食、异常可口，每次都吃得我舌头要打结了。

  除了这些花以外，还有许多的花是可以吃的，只不过有些比较少见罢了，如桂花，可以做成桂花露、桂花糕等等，但由于受地理条件的限制，桂花在北方开花很少，所以也就难以一饱口福了。有的花只是象征性地吃，比如泡桐树的花，花开得很漂亮，淡紫色喇叭口儿状，村里村外到处都是。泡桐花怎么吃呢？用手捏住花朵把花揪下来，花朵的基部呈白色，里面有少许的花蜜，用嘴吮吸，顿觉甜甜的，我和小伙伴就经常结伴去采摘新开的泡桐花。

  离开老家以后，很少再吃花儿了，但那份美好的记忆却长存心间，每每回想起来，总有一份口齿留香的甘甜在嘴里滋生、弥漫。

乡间黄焖鸡

鸡鸭是乡村最常见的家禽，对于儿时的我来说，也是最可口的美味。由于鸡鸭都是散养的，所以肉质鲜美，香而不腻。小时候，最喜欢吃的就是母亲做的黄焖鸡。

母亲先把宰杀的鸡剁成核桃大小的块儿，撒上面粉，再把土鸡蛋的蛋清蛋黄浇在上面，用竹筷拌匀至不粘不糊，接着下油锅炸成焦黄。之后，把炸好的鸡肉倒入锅内，倒入水，水一定要没过鸡肉，放入生姜、花椒、八角、砂仁、草果、桂皮、丁香等调料，再加入适量的料酒和盐，然后把锅坐在土灶上，先用劈柴大火烧开，而后改用微火把水熬干，慢慢焖熟。

炖鸡用的大葱、花椒等配料也是自家地里产的，烧锅用的柴火则是干树枝或者在地里早就干透的棉花柴。当一缕缕的锅鸡所特有的香味从木锅盖的缝隙里挤出来时，就可以在锅的周围贴面饼了。母亲利落地将面团揪下一块，两手一拍，往咕嘟着的菜锅锅沿一抹，比巴掌大的面饼贴了一圈。然后继续坐在灶前加柴，当肉香如蝶，满屋翩跹，闻之嘴里流涎，胃口大开时，即可出锅了。

黄焖鸡不仅色泽焦黄、肉酥而不烂，且醇厚浓香、腴不腻人，味道美极了，由不得你不陶醉。于是，一家人围坐在桌子旁大快朵颐。那味道是一个字——香，那感觉也是一个字——爽。黄焖鸡的美味不单单表现在鸡的本身，锅上的面饼更是锦上添花。夹一块面饼放入口中，顿时便会了解其中的奥秘。面饼的上半部焦脆，下半部浸满汤汁，十分软糯，两种口感在一种食材上同时体现，味道醇美独特，相得益彰。

除去鸡肉和面饼，我个人还偏好鸡血和鸡胗。鸡胗不仅吃起来韧脆适中，而且具有"消食导滞"、帮助消化的作用，能健运脾胃，同时也是补铁的最佳食品。鸡血则是杀鸡时必留的，待鸡肉快熟的时候，把鸡血倒在上面。炖熟的鸡血呈酱红色，由于吸收了锅里所有的味道，一口咬下去，软嫩爽口，滑而不腻，各种混在一起的滋味在口腔里绽放，让人口齿留香。

黄焖鸡也是飨客的珍馐，每每逢年过节或是亲朋好友到家做客，母亲都会宰一只鸡，做出一盆色泽金黄、肉烂味香的黄焖鸡，让来者品尝乡间美食的滋味，感受乡民淳朴的情意。尤其是朋友来了，一边吃着爽口的黄焖鸡，一边大碗喝酒，一边聊着天南海北的话题和人生未知的命运，觉得人生的美事不过如此。用这种方法还可以制作黄焖鸭、黄焖羊肉、黄焖兔肉等等，味道同样是妙不可言。

后来走南闯北，也吃到了好多关于鸡的美味，可是总觉不如母亲的黄焖鸡。那美妙的滋味舞动于舌尖，令人久久不能忘怀。每次回家，母亲都会做一盆黄焖鸡，虽然鸡不是曾经散养的鸡了，可是那味道依然是那么的灿烂而热烈。它带着清冽的香气，扑鼻而来，直入我的五脏六腑，然后顺着全身各个毛细血管从头到脚做着环游运动，酣畅淋漓。夹一块吃到嘴里，酥烂滑嫩，五味俱全。

　　黄焖鸡虽是民间美味，却足以与饕餮之宴相比，其色光润红亮，其香浓郁滑爽，其味辣而不燥、醇厚无比，尤其是亲朋好友围着它喝酒小餐，真的是妙不可言。

因为臭所以香

在乡间,有许多独特的吃食,尤其是那些闻着臭吃着香的臭吃,堪称是一种销魂的食品。那股臭味儿吃到嘴里不知怎的就变成了香味儿,一种特殊的香,香得回味无穷,香得经久难忘。

排在第一位的臭吃是盐豆子,也是每家每户必备的可口小菜。"闻着臭,吃着香,一顿不吃馋的慌。"这是家乡人对臭盐豆的赞誉。秋冬时节,等地里的活忙完了,母亲就开始捂臭豆子。母亲把选好洗净煮熟的豆子用笼布包好,然后装进塑料布放在麦穰里。二十天左右,一股属于臭豆子独有的香气扑鼻而来,用筷子挑一挑,豆子之间拉出了长长的黏丝。母亲笑着说:"臭豆子捂好了!"声音里有一种大功告成的成就感。

捂好之后,基本上是大功告成了,然后放上盐、姜丝和碾碎了的红辣椒粉,进行搅拌调和,最后晒干就可以食用了。盐豆子平时最常见的吃法是加点味精、滴点香油,用筷子一拌,干干的豆子就会变得柔软而富有弹性起来,无论是佐餐还是喝粥,都堪称绝配。如果蒜薹下来了,可以切一些嫩蒜薹和盐豆子一起吃,在盐豆子的腌制下,蒜薹的辣味也会消失得无影无踪。除去作为佐餐的小菜，盐豆炒鸡蛋也是一道唇齿留香的美味，那味道是无比的鲜香诱人。

除去盐豆子，臭豆腐的味道十分复杂，我搜肠刮肚，竟无法找出恰当的词语来形容它。然而我清楚地知道，当你恹恹欲病、了无食欲时，只要有人拿出几块臭豆腐，搁在你面前，人立刻便活转起来了。臭豆腐的关键是卤水，记得村子里，有一家专门做臭豆腐的小作坊。卤水是祖传的秘方，百吃不厌。名气最大的是长沙的臭豆腐，相传"文革"初期，湖南长沙火宫殿贴出一张大红纸牌，上书笔力遒劲的十六个大字："最高指示：火宫殿的臭豆腐还是好的嘛。"原来毛老先生在长沙读书时经常光顾火宫殿，每次回长沙也都要去品尝臭豆腐。

食臭亦有道，除此之外，鱼也可臭而后食。记得小时候，由于水塘多，鱼是不缺少的，尤其是每年夏天雨后，大大小小的沟塘里多是手掌大小的鲫鱼。由于刺多，母亲就用来腌制咸鱼，将鱼去鳞洗净，放上两天，待到鱼肚子胀起来时，再从鱼嘴里取出肠子，去腮，将鱼内外抹上盐，过一夜将鱼洗净。白天放到太阳下暴晒，如此五六日，就可以食用了。经过这般处理的鱼，"其皮色光彻，有如黄油，肉则如糠，又如沙茶之苏者，微咸而有味"。

咸鱼吃的时候也很方便，可蒸、可焖、可煎、可烤，且各有不同的滋味。蒸出的咸鱼绵软，而腊味外溢，十分诱人。煎出的咸鱼则变得金黄金黄的，特别诱人。我喜欢放在锅上用小火烤干了吃，快熟时香气四溢，十分诱惑人，这种做法不仅让人食欲旺盛，而且暗合了人类隐藏的渔猎时代的记忆。那时候不要菜，只要有一条臭咸鱼，就可以吃掉三四个煎饼，那种香差点让人把舌头给咽下去。

　　臭吃是人所欲也、所饕餮也、所美味也，如今，逐臭之风正在呈扩散之势，几乎在城市的街头都有油炸臭干的小贩随处可见，集市上也有满身绿斑的鲜臭干在卖，那刺鼻的气味扑面而来，无孔不入地浸透你身体乃至灵魂的罅隙，一口吃下去，浑身通泰。我想"臭美"这个充满辩证法的词就是因此而产生的吧，臭吃能将这对立的二者统一起来，既"臭"而且还"美"，真是妙不可言。

平民化的豆腐

豆腐是中国特有的食品,可以说有中国人的地方就有豆腐。豆腐不仅鲜美可口、营养丰富,而且经济实惠,算是平民化的食品。所以,它深受人们的喜爱。看一眼豆腐摊上摆着的那些个切得匀称整齐的豆腐块,你都会从心底里升出一种爱怜,不由你不买上一块豆腐回家吃。

小时候,村里经常有卖豆腐的光临。每次来的时候,乡亲们都会或多或少地买上几块豆腐。有时候,卖豆腐的师傅从村头还没走到村尾,豆腐就已经卖完了。那时候的乡村,还保留着以物易物的传统习俗。豆腐除了用钱买以外,还可以用豆子换,一瓢豆子能换一二斤豆腐。每年收割豆子时,熟豆荚往往绷裂,豆子便会掉到地上。所以,在每年秋收完,豆地里有好多拾豆子的人,以老人和孩子居多。

印象最深的是,秋收完,爷爷领我去拾豆子。我和爷爷用手翻着地里的豆叶,捡起一个个饱鼓鼓的豆子。回到家,爷爷把这些豆子分成两半,一半换豆腐吃,另一半放在锅里炒着吃。等我玩回来后,爷爷早已站在家门口,从兜里掏出一包炒好的豆子,我连忙抓起几个扔到嘴里,又香又酥。听爷爷说,他慢火烘了大半天才好的。我往爷爷嘴里塞，他只吃几个就不吃了，一边看我吃，还一边问我香不香。所以，多年过去了，爷爷的炒豆子依然让我口齿留香。

　　豆腐的口感无论是煎、炒、熘、烤、涮，它都清淡如一、苦中含香、白净濡润，而且经常吃豆腐，有益中和气、生津润燥、清热解毒、消渴解酒等功效。所以，在老家有这样一句谚语："吃肉不如吃豆腐，省钱又滋补。"豆腐也可谓是变化多端，可豪华，可朴素，可荤吃，也可素食；做汤做菜，无不适宜；苦辣酸甜，随意所欲。最常吃的是素炒，将豆腐切成二分厚的长方形，用热油锅两面煎。不能太老，只要表面发黄即可铲出，然后再和大葱一起翻炒，就可盛盘了，这就是有名的虎皮豆腐。

　　豆腐可以和各种佳肴同烹，吸引众长，集美味于一身；它和火腿、鲶鱼、竹笋、蘑菇、牛尾、羊肉、鸭血、猪脑等没有不结缘的。当它和各种鲜艳的颜色、奇异的香味相配合时，能使樱桃更红、木耳更黑、菠菜更绿。用来炖鱼、羊肉、猪血等时，刀工没有什么讲究，只需将豆腐切成块放入锅中，一起炖就可以了，等到肉烂了，豆腐也已经浸味了。俗话说，"千滚的豆腐，万滚的鱼"，意思是说豆腐耐煮，时间越久，越有味道。无论是佐鱼还是羊肉等，豆腐都是非常可口的美味。

　　幼时家贫，我最爱的佳肴就是鱼汤豆腐。父亲擅长捕鱼，每一次我都会无比雀跃，好像那鲜嫩无比的美味就在眼前。除了姜片、大葱、蒜末，豆腐也是必不可少的。母亲总会在煮杂鱼的锅里加进几块小磨豆腐，炖出乳白色的汤，煮得发了泡的豆腐露出了许多小孔，小孔里吸足了鲜美的汤汁。这时的豆腐柔韧多汁，吃起来味道鲜美得无法言说，贪吃的我耐不住性子等，嘴常被豆腐里的汤汁烫出泡来，眼角还闪着泪花。

香椿拌豆腐也是百吃不厌的，尤其是在忙碌或食欲不振的时候。嫩香椿头，芽叶未舒，颜色紫赤，嗅之香气扑鼻。入开水稍烫，转为碧绿，捞出切为碎末，与豆腐同拌，一箸入口，三春不忘。香椿过后，用小葱拌豆腐也是十分可口。如果时间允许，做一味麻、辣、烫三者兼备的麻婆豆腐，或煎得两面焦黄的家常豆腐，或油菜炖豆腐，绿的碧绿，白的洁白，只颜色就令人醉倒了。

除了味美之外，与豆腐有关的文化典故总是有说不完、说不尽的美谈、趣谈。据五代谢绰《宋拾遗录》载："豆腐之术……至汉淮南王亦始传其术于世。"淮南王不仅成就了豆腐文化的似锦繁华，也为寻常百姓的生活增添了一道价廉物美的家常菜。"浊酒聚邻曲，偶来非宿期。拭盘堆连展，洗釜煮黎祁。"这是陆游的《邻曲》，诗中"黎祁"即豆腐，邻人小聚，浊酒豆腐，其乐也无穷。这就是豆腐，上可以入宫廷，下可以进瓦肆，不傲不显，不卑不亢。

豆腐不仅是平民化的食品，而且是含有深远哲学意味的食品。比如广为流传的"咸菜煮豆腐——不用多言（盐）""小葱拌豆腐——一清二白""豆腐身子——不禁摔打""卤水点豆腐——一物降一物"等歇后语。再比如朋友相交或夫妻相处，难免会失言、失态、失礼，这时就需要用豆腐那样柔软的宽厚心情，去容忍对方一时的过失，只有这样，才不至于造成终身的遗憾。

　　豆腐既是平民的，又是不平凡的，自有一种令人难忘的吸引力。它源源不断地供奉着人们的日常餐桌，是那样地朴实无华、无声无息。其实，我们生活中的每一餐，又有谁能离得开、忘得了这些朴实无华却又是无比珍贵的日常生活之根本呢？

乡蔬有清香

对于村里人来说，蔬菜是不缺的，家家户户都有一个菜园子，里面蓬勃地长满了豆角、黄瓜、茄子、辣椒等蔬菜。菜园里的蔬菜都是自产自吃，平常餐桌上的吃食基本是水煮毛豆、素炒茄子、韭菜炒鸡蛋、豆角炖肉……再配以热馒头、绿豆稀饭、自家腌制的小咸菜，让整个日子都胃口大开，且会过得清爽无比。

最早下来的菜是香椿芽，记得爷爷在院子四周载满了香椿树。每到春风乍暖的时间，我便眼巴巴地盼着香椿抽芽、变红。香椿的吃法很多，凉热均可。凉者，可以与豆腐相伴，将香椿芽在热水里焯一下，剁碎了与豆腐丁拌在一起，只需撒上食盐，浇上点豆油即可。香椿最家常的吃法莫过于"香椿炒鸡蛋"了，将香椿切碎放入鸡蛋中，然后搅拌后倒入油锅中，稍微翻炒一下就可以出锅了。黄绿相映，鸡蛋的香与香椿的香混杂在一起，真可谓是浓香扑鼻。故乡有句俗语，"香椿芽炒鸡蛋，肉鱼都不换"。

韭菜又名"长生菜"，割完之后可以再生。割完之后，三五天过去，你重返韭菜地，会大吃一惊：什么时候韭菜又长得这么高了。韭菜非常鲜美，吃法更是多样，可炒、可煎、可做馅包饺子、炸菜盒。韭菜最好吃的是做饺子，印象当中，母亲做的韭菜馅饺子是天底下最好吃的美味，韭菜、鸡蛋、豆腐、粉丝、虾皮等，看着那一盆黄、绿、白相间的馅，我就口水直流。有时候，趁母亲不注意的时候，会赶紧挖上几勺，放进嘴里。等到饺子出锅时，更是大快朵颐，每一次，都吃得我肚子圆滚，那种满足的幸福感是难以明说的，也是千金不换的。

　　茄子是一种寻常的菜，也是一种美丽的菜，尤其是其紫色的外皮，让人有一种惊艳的感觉。茄子的吃法很多，无论是炒、烧，抑或是焖、炸等，都能做出不同风味的佳肴。记得小时候，母亲把平淡无奇的茄子变出了很多的花样，如素炒茄丝、油焖茄子、炸茄盒、土豆炖茄子等等，让我百吃不厌。茄子最简单、最美味的吃法是蒜泥茄子，母亲先在锅里烧上水，架上蒸锅，把切成条的茄子放进去蒸。约半小时后起锅，茄子已如泥鳅般滑溜糯软，取出装碟，浇上蒜泥和酱醋，撒上盐和各色调料，用沸油一浇，再拌匀，就大功告成了。

　　苋菜是一种生命力非常旺盛的蔬菜，对生长条件没有过高的要求。印象当中，在老家的房前屋后、田头地脑，甚至是砖头缝里，只要有一丝土，它都可以茁壮成长，或单棵，或成片。苋菜的摘法也比较独特，不需要连根拔起，也不需要镰刀等，只要用手掐就可以，而且不影响苋菜的生长，且越掐其生长得越快，没几天就会发出新的芽叶。苋菜主要有两种，一种是叶片翠绿的绿苋，一种是紫红色的红苋，尤其是红苋，无论是做菜、做汤，都呈现出一种独特的红色，让人充满了食欲。记得小时候，我喜欢把苋菜汤拌在饭里吃，雪白的米饭浇上红红的汤汁，整碗米饭都变得红红的，好看又好吃。

　　秋冬时节，乡村餐桌上的主菜是萝卜白菜。萝卜则是百姓人家最常见、最喜爱的蔬菜，它在不同的人家演绎着不尽相同的吃法。记得小时候，每年冬天的时候，母亲就要用猪圆骨，煮上一大锅萝卜汤。每次回到家时，母亲就会盛一大碗热气氤氲的萝卜汤。一碗萝卜汤下肚，寒气顿消，浑身变得暖暖的。我最喜欢素炒萝卜条，将萝卜切成条，大火、大油翻炒，再配以红辣椒，很是下饭，就着一碗白米饭，那萝卜的清香，那米饭的甜，至今让我回味无穷。萝卜还是腌制咸菜的重要菜蔬，每年的秋冬时节，家家户户都要腌制一缸萝卜干。萝卜干也是整个冬天必不可少的佐餐之物，在寒风凛冽的日子里，就着萝卜干喝上一碗白米粥，那种美味，简直是欲罢不能。

　　对我来说，蒜泥茄子是一道菜，也是一种人生意味。它让我懂得再寻常平凡的菜，只要用点心思，完全能变出更多的花样、更香的味道。而生活亦是如此，只要用心，无论平凡与否，都能创造出属于自己人生的灿烂与辉煌。

瓜的夏日风情

乡村的夏季是各种瓜菜当道的时节，西瓜、冬瓜、南瓜、苦瓜、丝瓜、黄瓜……都绿油油的，展现着自己最好的颜色，它们就像夏天的雪糕、雪碧一样，不仅一听名字就让人顿生凉爽之感，而且吃在嘴里，更是芬芳无比，让人一下子就闻到了夏天的味道。

西瓜为瓜果之首，是消暑、解渴之佳品。在炎热的夏天，吃块西瓜是最美不过的事了，那凉爽的滋味立刻传遍全身，怎一个舒服了得！上等的西瓜瓜肉通体鲜红、清亮，晶莹润泽中还可以清晰地看见沙尘般的红沙粒，吃起来，脆而不绵，沙而不散，沁心凉甜。西瓜皮也有妙用，去皮之后，用醋熘着吃，酸酸甜甜别有一番滋味。西瓜还可以做成西瓜灯，拦腰一切，掏瓤，弄个平的底座，再将皮的周边镂空，放支小蜡烛，在黑夜里透着水红的光，满溢着一种汁液淋漓的甜香。

色泽翠绿、鲜嫩爽口的黄瓜则给乡村的小孩带来无限的喜悦和温馨。那时吃黄瓜，不像现在这样讲究、精细。摘下来之后，用手撸一下或是在衣服上蹭一下，就可以吃了。最讲究的吃法，是将摘下来的黄瓜放入水缸里拔凉了再吃。吃的时候，那清脆、香甜、凉爽的滋味顿时充满嘴巴，又旋即通往全身，似乎浑身都轻快了许多，凉爽了许多。时隔多年后回想起来，那种水缸里的黄瓜的味道似乎依然充盈在嘴里，依然是那么的新鲜。

　　比较爽净的还有冬瓜，去皮掏瓤，刀切上去"噌噌噌"，很有质感，薄薄的一片片，透明、晶莹，简直是玉片。冬瓜是蔬菜界的"百搭"，可以搭配的食材很多，荤的有排骨、火腿、老鸭等，素的也有三菇六耳等，难怪袁枚在《随园食单》里谈及冬瓜为菜之妙处时说道："以柔配柔，以清入清……甚佳。"记得当时，最爱吃的是冬瓜炖排骨，肉的醇香与冬瓜的清香相得益彰，有时炖的时间长了，冬瓜异常糜烂，将汁浇到米饭上，真的是最美的人间滋味。冬瓜就如同一个"老戏骨"，能烘托不同的主角，而自身又得到很好的发挥，自己虽本无味却因着其他的百味而活出了不同的滋味。

　　丝瓜也是我一直以来很喜欢的，它的妙处在于可食、可用。除了素炒，丝瓜炒鸡蛋、炒虾仁、炒肉片，都叫人百吃不厌。如果手头既无鸡蛋又无肉片，那就直接素炒，其鲜美同样无与伦比。除去吃，丝瓜的用途也很多，小时候感冒后咳嗽不止，母亲总是给炒丝瓜吃。丝瓜最不起眼、最实用的一个用处，就是用丝瓜瓤来刷锅、洗碗，其效果尤佳。诗人陆游更是别出心裁，用丝瓜瓤洗砚，用后称"丝瓜涤砚磨洗，余渍皆尽而不损砚"。

　　苦瓜又被称为"癞葡萄"，别瞧它外表丑陋、疙疙瘩瘩，吃起来却清脆可口，别有一番滋味。小时候，母亲院子里种了许多，给它浇点水、施点肥，就很容易成长起来，蓬勃成一片。初夏，鲜嫩的苦瓜丝络突起、碧绿晶莹、脆嫩惹眼。苦瓜的吃法多多，最妙不可言的吃法是清炒，搁少许油再略放点盐，清炒后撒上蒜末就可以出锅了，切过的苦瓜呈月牙状，带着花朵的边纹，配着白色的瓷盘，犹如一位水乡佳人，窈窕温婉，清新悦目，把人的视觉、味觉一下子调集起来，当苦味在舌尖慢慢消退，阵阵甘香如泉水般接踵而来。

相比较于其他的瓜，南瓜是最容易生长的，也是吃法最多的。记得，母亲在房前屋后种满了南瓜，每年都要收获或大或小、或青或黄、或长或圆的南瓜。南瓜可以从夏天吃到冬天，鲜嫩的青南瓜可以用醋炝着吃，佐以红辣椒，酸酸的、脆脆的、嫩嫩的，非常可口，也可以切成丝，做成南瓜饼。等到南瓜变黄了，可选择的余地就更多了，可以熬粥、蒸南瓜饭，总之是百吃不厌。印象最深的是母亲做的南瓜干，将黄南瓜切成薄片，晒至半干时，放入锅中蒸，最后晾干，就成了家里招待亲朋好友的南瓜干了。

在炎炎的夏季，不妨以瓜为食——凉拌黄瓜、清炒苦瓜、丝瓜炒蛋和冬瓜海米，最后再来一碗黄澄澄的南瓜粥和一盘红艳艳的西瓜，这是一件何其美哉乐哉的事情啊！夏季因瓜而美好，因瓜而惬意，因瓜而令人回味。

椒子酱

椒子酱是家乡最有特色的一道菜，此菜既可当饭，也可下菜，口味独特且百吃不厌。每到冬季，几乎家家户户都要"烀"上一锅。烀，是文火慢炖之意，是徐州特有的方言，似乎只有这个称谓才能体现徐州人对椒子酱的钟爱。

椒子酱虽然带有一个酱字，其实跟平常人们所说的酱是有区别的。传统意义上的酱是用发酵后的小麦、黄豆等制成的一种调味品，如豆瓣酱、甜面酱等等。徐州的椒子酱虽然名为酱，却是一道家常菜，就像北京的铜锅涮肉、江西的腊肉、东北的白菜炖粉条一样，是徐州人冬天里必不可少的菜肴。

椒子酱的原料廉价、易购，主材是红萝卜、花生、黄豆、五花肉，辅材是葱、姜、花椒、大茴、红辣椒等。做法是先将花生米提前泡好，萝卜、豆干、肉等全部切丁，油热放入辣椒、花椒、八角、葱姜炒香加入五花肉炒至出油，再放入萝卜丁翻炒几下，稍变色后就加入清水、花生米、豆干、盐、糖、料酒等大火炖开，然后改用小火，炖至萝卜呈半透明状、汤汁浓稠即可。这样一锅香喷喷、热乎乎的椒子酱就出炉了。

"烀"出来的椒子酱，各种香味相互渗透，爽口爽胃，尤其是碗里漂着一层艳丽的辣椒油，不管是拌面，还是佐饭，统统皆宜。趁热盛上一碗米饭，把椒子酱往上一浇，那叫一个"香"啊！那才是名副其实的盖浇饭，有肉有菜有饭，椒子酱的味道与米香糅合在一起，浓郁香辣的味道特别过瘾，每次我都会猛"尅"一气。一碗米饭，三口五口就吃完了，真的是"风卷残云"。

按照传统，每家每户在寒天即将到来的时候，都会"烀"上一锅椒子酱，遇上街坊邻居时，也总不忘唠上一句："今年烀椒子酱了吗？没烀就到我那儿盛一碗去。"椒子酱的主料都差不多，可是由于佐料、辣椒的放量不同，可以说是一家一个味道。比如有的人喜欢加豆腐，但是如果用豆腐做，必须先把豆腐切丁炸成豆腐泡，这样炖菜的时候才不会被炖烂，以后反复热着吃的时候也不会烂散，如果用豆干就不必过油了。再比如有的喜欢放胡萝卜，或是把黄豆改成青豆等等。

在我的印象里，椒子酱则是我家的主打菜，而且是百吃不厌。每到冬天，母亲都会做上一大盆，够吃个三五天的。椒子酱还有一个好处：能放，不怕坏。每次吃的时候铲出一点热一下就可以了，特别省事。而且越热越有味道，越热越香，在反复回锅热了几次以后，味好像才能真正地入进去，让人仅闻着散溢出来的香气就勾起肚里的馋虫来。

记得有一次我被单位外派学习，由于水土不服，我的体重直线下降。后来，母亲得知后，就给我寄来了两大饭盒椒子酱，而且是加足了料。每次吃饭的时候，我都会用微波炉热上一碗。然后再小心翼翼地放入冰箱里，就像是阿里巴巴守着一座宝藏一样。在外出学习的那段日子里，因为有了椒子酱，我摆脱了水土不服的困扰,那装在饭盒里的椒子酱也成了我最温暖的记忆。

  椒子酱之所以受到人们的喜爱,除了可口的味道外,还有御寒活血、养脾开胃等功效。就拿主料萝卜来说,它富含维生素、钙、钠、磷和铁等成分,极具保健作用。在民间一直有着"吃萝卜喝热茶,气得大夫满街爬"的说法,虽然有些夸张,却也道出了萝卜的医用功效,清热解毒、健脾理气、助消化等。椒子酱的另一样主料是有着"植物牛奶"美誉的黄豆,它富含蛋白质和人体所必需的多种氨基酸,尤其是对于脾胃虚弱、消瘦少食者,有良好的疗效。于是,在蔬菜少而贵的冬天,朴实的萝卜和黄豆就成了滋养人的好东西。

  椒子酱不仅仅是寻常百姓的家常菜,而且也是大小饭店的必备菜肴,尤其是在寒冬腊月里,无论你走进哪一家餐厅饭馆,都可以寻觅到椒子酱的芳踪。记得,有一次招待外地来的朋友,我给他点了一盆飘着辣椒油的椒子酱。看着那红呼呼的椒子酱,朋友直皱眉头,可是等吃到肚子里,他的勺子就忙个不停,直呼过瘾,让我这个待客的主人大有面子。

  色香味俱佳的椒子酱,不仅让单调的菜肴翻出花样来,而且热气腾腾洋溢着地方时令菜肴的传统情趣。仔细品味,那菜中浓香软烂的萝卜块、咸香的肉丁、回味绵长的花生米与豆腐块构成了一种黏黏稠厚的咸辣,在咸辣中又透出浓浓的香醇。在平淡的日子里,全家人一起分享这份热烈爽口的酱香,也算是一种炽热的幸福吧。

贴秋膘

苦夏过后，秋风渐凉，胃口大增，于是民间便有了贴秋膘的习俗。记得儿时，人们很难抵挡贴秋膘的诱惑。贴秋膘是个性感的词，能从这个词看得见肥美、滑腻、油汪汪，闻得到肉香，听得到秋风，感受得到一份香甜。在秋风秋雨中，乡民们寻觅各种贴秋膘的花样，从而获得一份温暖情感的记忆与美好。

贴秋膘，顾名思义就是要吃味厚的美食佳肴，当然首选吃肉，把酷夏失去的膘补回来。过去普通百姓家吃猪肉，有白切肉、红焖肉以及肉馅饺子等等，讲究一点的人家还会吃炖鸡、炖鸭、红烧鱼等。记得那时候我最喜欢的是回锅肉，先买来一大块五花肉，要那种带皮的、肥瘦相连且均匀分布的，刮洗干净。然后将肉放在锅中煮至断生，当肉刚能用筷子扎透时捞出，晾凉后切成薄片备用。再用炒锅烧油至五成热，下肉片翻炒至卷曲，加入料酒、甜面酱、豆瓣酱，最后加入蒜苗、白糖、酱油、盐等，翻炒均匀后，美味的回锅肉就出现在眼前了。

肥而不腻的鸭子，也是贴秋膘不能少的硬菜。鸭子一般选取当年长成的公鸭，农村的鸭子都是放养的，不需要特意准备饲料，只要将鸭子往水塘里一赶就可以了。鸭子就以水塘里的螺蛳、昆虫和河藻为食，吃起来不仅光泽新鲜、脂薄肉嫩、香醇可口，而且营养丰富，属于高蛋白、低脂肪的食品，对人的身体极为有益，尤其适合身体虚弱疲乏的人，因为鸭肉能起到补血的功效。记得，母亲立秋过后，都会炖上一只鸭子，喝汤、吃肉两相宜。

相比较于猪肉、鸡鸭之类的，羊肉就比较少吃了。虽然好多村民家里都或多或少地饲养了几只羊，那基本上要等到过年的时候才能宰杀卖钱。如果要是能在秋天吃到一顿羊肉，就真的是难得的美味了。羊肉的吃法很多，有煮汤、红烧等等。印象最深的是烤羊肉串，记得有一年，父亲不知从哪里弄来了一条羊腿。父亲心情大好，给我们烤着吃。烤之前要先进行腌制，然后上火用木炭炙烤。烤出来的羊肉金黄脆香、入口酥香厚重，色美肉嫩，浓香外溢，配上多种蘸料，最后再来一碗手擀面或是芝麻烧饼，真的是久吃不腻。

老家水塘遍布，各种各样的鱼儿也是贴秋膘的不二选择。鱼的吃法也是多样，每一种吃法都可以让你领略到不同的滋味和美味。那时候最喜欢的是红烧鱼块。一般选用活的鲤鱼或是鲢鱼，取中段肉厚处最精的部分，去皮裹上蛋白芡粉，温油炸黄。接着放入姜片、大蒜、各种香料、干辣椒，煎出香味后再放入适量的盐、冰糖，再放入奶奶自己晒制的面酱，然后加开水炖煮，最后用文火收汁，其鲜香入味，辣而不麻。鱼和余同音也，因此鱼也是一种象征着富足和希望的食品，鱼的鲜嫩柔滑，像是人幸福满足的心情。年年有余，年年有"鱼"，一盘鱼里也包含着无限美的憧憬。

秋天干燥,鲜爽素净的瓜果蔬菜也是贴秋膘必不可少的。它们不仅是人间真正有味的佳品,而且可以给脾胃一个调整适应的过程。此时,正是南瓜、丝瓜、玉米、毛豆等瓜果蔬菜成熟的季节,它们或清幽,或淡雅,或素净,或鲜嫩,或脆爽,无不味醇鲜香。除了瓜果蔬菜外,还可选择豆制品和菌藻类,如豆腐、茶干、干丝、茶树菇等等,或拌或炒或炖,无不独具风味。

随着社会的发展,各种吃食日益繁多,贴秋膘如同月饼、粽子、元宵一样,被贴上了文化的标签,可是它们这些带有传统属性的食物并没有随着时间的变化而消失。随着生活水平的提高,贴秋膘也被赋予了新的内涵,改变了纯粹以肉食为主的传统方式,取而代之的是以清补为主、荤素搭配的花样选择,让人可以"肆无忌惮"地大啖美食。

暖暖红薯香

随着秋风的扬起，大街小巷出现了许多烤红薯的摊子，清冷的街头仿佛也被渲染得有些许的色彩。每每遇上，我往往受不了那股特殊香味诱惑，都要顺着香味走过去，掏钱买它个三五块带回家，热气腾腾中，用一小勺慢慢地细细地舀着吃，那沁人的甘甜会从你舌尖传至整个口腔直至胃部。此时，关于红薯的记忆也会顷刻间向我涌来，它透着浓浓的暖意，悠悠地飘荡在我的心头。

小时候，红薯是常年不缺的，我常看到母亲对着红薯发愁，然后她开始在发愁中创造，试图用最平凡的食物，来做出最不平凡的菜肴，红薯粥、晒红薯干、煮红薯汤、炸红薯片……让我们整天吃都不感到烦腻。焖红薯，把红薯填满一大锅，加上水，用文火慢慢焖，时候一到，揭开蒸盖，薯香迸发，洋溢四室，令人垂涎三尺。印象最深的是炸红薯片，母亲小心翼翼地将之切成薄片，挂上面糊，下到油锅里炸，到呈金黄色的时候捞起，然后装进一个大铁罐，就成为我们日常食用的饼干，由于母亲故意宠爱着那些饼干，所以我们也就觉得格外好吃。

我最喜欢的还是煨红薯，每次母亲在烧柴草做饭时，都会在灶里扒开几个穴,放两三块红薯进去,一顿饭煮下来,红薯也就熟了。顾不得烫手的红薯,一边双手快速轮换着拿,一边吹着气急急掰开薯皮,一大团滚烫的白气就氤氲升华,金黄的薯肉散发着浓郁的甜香直钻鼻孔,馋得一边用嘴轻轻吹,一边狼吞虎咽,遇上粉粉的白薯,则噎得我半天喘不过气来,又是跳又是灌水也不顶用。

记忆最深的是冬寒时节的晚上,一家人围着炉子吃烤红薯的情形。那时候,父亲在屋子里放了一个炉子,不仅可以用来取暖,而且还可以烧水做饭,对我来说,则可以烤红薯、烤馒头干等等。幽蓝的炉火烤着红薯,也烤着我迫不及待的心情,真巴不得马上捧在手里,吃在口中。在我的感觉中,写完作业,吃上一个烤红薯,真是比吃什么都香、都甜,真是觉得比做神仙还舒服呢!事隔二十多年,每回想起,齿间还会涌起一片甘香。

红薯也带给童年无尽的快乐,我和小玩伴们常常一起煨红薯,大家分头行动,有的负责捡柴,有的负责偷红薯,有的负责挖洞,有的负责生火,红薯投进去用柴灰掩埋后,上面再用小火慢烧。当薯香袅袅升起来时,火候也就差不多了。无数只小手一起拨拉着炭火中的红薯,烫得小伙伴们将红薯从左手丢到右手,口里不住地嘘嘘呼呼地吹,却没有一个人舍得放下,个个吹得满脸是汗,满脸炭灰,突然你望着我,我望着你,紧接着爆发出响彻整个旷野的笑声。

除去烘烤,红薯还有着许多堪称美味极品的吃法。蜜烧红薯就是一道很受人们喜欢的甜品,做法其实也很简单。先将红薯洗净去皮、切成方形的小块,然后裹上一层薄薄的干淀粉在油锅里煎成焦黄,接着放入熬好的冰糖汁,待红薯块均匀的裹上糖汁,撒上芝麻就可以出锅了。蜜烧红薯不仅色泽晶亮通润,而且口感香甜软糯,让人爱不释口,更重要的是能美容养颜。

薯条煨干烤鱼则是一道堪称绝配的美味,红薯含有丰富的淀粉、维生素、纤维素等人体必需的营养成分,还含有丰富的镁、磷、钙等矿物元素和亚油酸等,但是缺少蛋白质和脂质,而鱼类却含有丰富的蛋白质,两者搭配起来,营养就更加均衡了。再加上干烤鱼有点苦,配上红薯天然的甜味,可以去掉干烤鱼的咸腥味,还可以增加鲜味。先将薯条炸到外面有一层硬壳,待干烤鱼煸炒熟之后,再将薯条放入,出锅之前喷点酱油翻炒,即可出锅了,吃起来咸甜适中,味道极好。

每到秋冬时节,城市的每个角落几乎都溢着甜甜的烤红薯的香。烤红薯的摊子很简易,就是一个约三尺直径的圆桶,桶内糊着黄泥,桶面留下尺余的圆口。烤红薯时,桶内燃着木炭,数十个铁钩钩着洗净的红薯,桶面再盖上铁盖。这种很土的美食摊子,总会吸引着无数的行人过客。尤其是在清冷的寒冬里,远远地就能闻到烤红薯的焦香,冷风吹来,即使是缩着脖子,围着围巾,那股特有的香味也会不依不饶地直往你鼻孔里钻,那份香甜的感受很是令人沉醉。

红薯虽平凡普通却包裹着无尽的甜蜜,包裹着浓浓的乡情,包裹着快乐的童年。每当我手捧着红薯,眼前又浮现乡村那火红的炉膛、冒着热气的红薯,齿边仿佛又溢着那诱人的香味,一种甜丝丝、温暖暖的感觉也会在心中弥漫开来。

百菜不如白菜

　　大白菜是老百姓的菜，也是平民化的蔬菜，它充满了人间烟火的温暖气味，始终和人的日常生活连在一起。每年霜重露寒时，就是吃大白菜的季节。它们敦实而丰腴，叶柄如玉一样白，带着青，像一个个保守着神秘的小妇人，羞怯而静美，展尽了风姿。

　　我从记事的时候起，家家户户在秋冬时节都要储存大白菜。那是晚秋之际，但是还没有下霜，矗立在田地里的白菜头被一根根草绳子捆绑在一起，菜心也都因此抱得紧紧的，很是结实。冬储大白菜是有技巧的，先把大白菜立起来，在阴处放置几天，等白菜外面的大帮脱水萎蔫，再放到地窖或墙根背风处存放，上面盖上草帘子，等到冬天就可以随吃随取了。

　　每年冬至以后，家里的餐桌上常常飘着大白菜的清香，做法也很多，可以清炒、可以醋熘、可以炖肉、也可以用白菜爆锅下面条，这其中又以醋熘白菜最不易做好，首先从选料上就有讲究，用白菜叶绝对不行，下锅就塌秧了，白菜帮也得精选，最外面两层的帮不能用，因为太厚实水气太大，菜心也不能用，因为过于娇嫩，只能用中层菜帮，去除菜叶，菜帮以刀片成，明油亮芡，临出锅时喷醋，吃在嘴里软而不塌，酸而返甜，十分爽口。

小时候，大白菜是我们家冬天饭桌上的主菜，不过母亲会在大白菜身上变出许多花样来，让我们常吃常新。比如，母亲喜欢凉拌白菜心，她把鲜嫩的白菜心用手撕成小块，由于少了刀口，大白菜便没有了生硬的断痕，反倒有了一种青山绵绵不绝的意境，衍生出新的灵动。先倒入一点点白醋，再放入一点点辣椒，鲜脆甘甜的味道不露声色地就将我引诱，脆脆地嚼上几口，清爽的感觉就会齿颊留香。

我最喜欢的是白菜豆腐汤，撒上切碎的生姜屑子，看上去极为平常，但细细品之，味美极致。清清的汤色，绿是绿、白是白、黄是黄，冬日生硬的日子因为这三色的加入，一下子鲜嫩起来，一碗白菜汤下肚，肠胃格外暖和，脸上的颜色红润多了，细细的汗珠从额头悄悄冒出，日子竟是那么的惬意。

印象最深的是母亲用白菜和猪油渣做的包子，记得有个雪花不紧不慢飘洒着的冬天，母亲用猪油渣炖白菜蒸了几锅大包子。当时我馋得厉害，就在灶台旁边等，当那热腾腾的包子出锅时，我不顾烫，连忙拿起来，就在院子里，也不进屋，吃得满嘴喷香。后来，我打着饱嗝，拍着滚圆的肚子，真喊"撑死了，撑死了"。可惜，这样的日子，已经一去不复返了。如今，当年雪花里白菜包子的香味也很难再感受得到。

"百菜不如白菜"，大白菜不仅清白翠绿淡雅、养人悦目，而且荤素皆宜、味道鲜美、清脆可口，非其他菜蔬所能比，恐怕这也是大白菜自古以来得到人们青睐的原因吧。南齐的周颙就说过菜中美味就两样，"春初早韭，秋末晚菘"。"晚菘"就是指大白菜。苏东坡更是对它喜爱有加，留下了"白菘类羔豚，冒土出蹯掌"的溢美之词。

　　大白菜除了吃以外，还能为我们的居室带来无限的生机。一个偶然的机会，我发现一棵剥去大半的白菜，在菜根的中央即菜心部位长出几层绿叶，不过多长时间，就从中娇滴滴地长出三两根菜薹，菜薹一经钻出，便疯长不止，不日便给我带来一簇黄灿灿的惊喜。大白菜开的花一如春野中的油菜花，色泽金黄，花瓣细碎而浓密。开花之前，每一根菜薹的顶部都会发出几个分枝，分枝向四周伸展，开花后基本形成一个花冠状，而花冠之下，菜薹上层层叠叠地丛生着清瘦的绿叶，烘托出黄花的娇艳玲珑，给人以亲历成长的乐趣和诗意般的享受。

　　大白菜，一个俗得不能再俗的名字，一种普通得再也不过的蔬菜，但是它的叶脉里却流动着鲜活的生命，洋溢着浓郁的人间烟火气息与人情味。虽然现在的生活已经不再匮乏，各种各样的菜蔬可以说是吃啥有啥，而我对大白菜却总是怀有很深的情感，因为它不仅将我们的日子调剂得格外鲜亮、安稳，而且悄悄地填满了记忆，变成了一份偶尔会涌上心头的温情。

咸菜滋味长

  咸菜是盐水泡出来的美味，也是乡里人必不可少的居家小菜。那时候，一日三餐都要靠咸菜下饭。若是没有了咸菜，日子就好像缺少了点什么，就会变得寡淡无味。从我有记忆开始，餐桌上就一直没缺少咸菜的身影。在那段清苦的日子里，正是有了咸菜的陪伴，生活才有了可口的味道。

  在农村主妇看来，腌咸菜就像是家常便饭一样，是一项最基本的生活技能。家家户户都有一口用来腌制咸菜的缸或是坛子，它们和锅碗瓢盆一样，是居家的生活必需品。咸菜是根据季节的变换而变换的，春天可选择的余地比较少，只有香椿、青菜等寥寥的几种，夏天和秋天可选择的腌菜就多了起来，夏天有辣椒、黄瓜、苦瓜、大蒜、洋姜等，秋天则以萝卜、白菜、雪里蕻（又名雪里红）、芥菜等为主。所以，缸里或是坛子里，时时刻刻都有这样或那样的咸菜，随吃随取。

  腌制咸菜可谓是一件壮观的事情，全家老少齐上阵，洗的洗，切的切，晾的晾，分工明确，如流水线上的作业一般有条不紊。母亲腌制咸菜的手艺十分了得，那是远近闻名的。在我的印象里，老家院子里除了一口缸外，还有十几个大大小小的坛子。那都是母亲用来腌制咸菜的工具，也是她用来改善生活的道具。特别是每年的秋冬时节，母亲就像一只蜜蜂一样，几乎每天都从早到晚忙个不停，洗菜、晒菜、装坛、撒盐……一道道烦琐的工序让她乐此不疲，美在其中。

  腌咸菜虽不需要多高技术，但是要想腌制出味道可口的咸菜也必须得下一番功夫。为此，母亲定做了一个专门用来腌菜的棒槌。芥菜或白菜洗净、晒蔫后就可以装坛了，先在坛底撒一层盐，然后铺上一层菜，用棒槌捣实后再撒一层盐，然后再铺一层菜……反复如此直到坛子装满，最后压上腌菜石，用薄膜封好坛口，一坛菜就算腌制完成了。半个多月以后，就可以开坛享用了。有时候，咸菜放得久了，会抱怨母亲腌咸了，母亲就说："咸有咸的味道，吃粥配菜，本来就越咸越好。咸了下粥，你就可以少吃咸菜多喝粥。"

  对于咸菜，我是喜爱有加的，印象最深的是香椿、萝卜干和雪里蕻。记得小时候，奶奶常在春末腌制香椿头。只见大缸里码着整整齐齐的香椿头，上面全是白花花的盐，抖去盐粒才能看到深绿色的香椿头，洗净了即可食用。吃的时候，洗净，切碎，淋上些麻油，就是一道爽口的小菜了。那时候，奶奶喜欢用烙馍卷着香椿吃，或者佐之以白米粥，或是作为面条的浇头，自有一股子的香甜滋味。

  萝卜是腌制咸菜的重要菜蔬，每年的秋冬时节，家家户户都要腌制一缸萝卜干。腌制萝卜干看似简单，但要想腌好却不易，其中的分寸只有亲为者方能拿捏。萝卜本来脆，腌了之后多了韧劲，刚中带柔，口感绝佳。萝卜干也是整个冬天必不可少的佐餐之物，在寒风凛冽的日子里，就着萝卜干喝上一碗白米粥，那种美味，简直是欲罢不能。母亲喜欢腌制五香萝卜干，就是在萝卜干快腌制好时，用辣椒粉、五香粉揉搓，这样腌制出来的萝卜干可以直接食用，嚼起来麻辣又回香，撩人食欲。

相比较于其他的腌菜，雪里蕻要炒熟才好吃。无论是素炒，还是佐以肉丝，都需要火候。火候不到，难除雪里蕻的涩辣。我高中时是住在学校的，每次去学校之前，母亲都会给我准备一饭盒炒雪里蕻。母亲炒的时候，放了好多油，所以吃起来是无边的口齿留香。母亲的炒咸菜是高中时代最温暖的记忆。那时候，同学们都会从家里带上这样或那样的咸菜，大家彼此共享，虽不是饕餮大餐，但依旧是香喷喷的，依旧是无比诱人的。

时光改变了很多事，但有些事情却因为时光的流逝而历久弥新，关于咸菜的记忆亦是如此。现在超市里也有很多花样繁多的腌菜，如八宝菜、橄榄菜、乳黄瓜等等，可我还是喜欢母亲腌的咸菜。每当吃着母亲亲手腌的咸菜，浓浓的亲情顿时弥漫了我的心扉，那咸咸酸酸的味儿我永远也忘不了，我仿佛又回到了老家，回到了过去。

螺蛳最美味

老家的故黄河畔，村里村外散布着或大或小的水塘河沟。这些河沟不仅盛产鱼虾，而且还生长着大量的螺蛳。同那些鲜香的鱼虾一样，螺蛳也是一种颇能让人解馋的吃食。在老家一直流传着"炒田螺，胜肥鹅"的说法，事实也的确如此，黑不溜秋的螺蛳肉尽管看相一般，味道却极其鲜嫩，自有其独特的滋味。

螺蛳又名田螺，在老家称之为"蜗牛"。螺蛳最早是鸭、鹅等家禽的美味，那时候养鸭、养鹅，根本不需要特意地准备什么饲料，只要提个水桶、拿个网兜，到河里转一圈，它们的食物就来了，如螺蛳、水藻之类，可谓是天然的饲料。可是不知道从什么时候起，螺蛳成了人们餐桌上的美味。在那个年代，螺蛳对于馋嘴的孩子们来说也有着不可抵挡的诱惑。那时候，下河摸螺蛳是一件无比快乐的事情，在玩耍嬉戏的同时，还能满足口腹之欲，实在是一箭双雕的事情。

每当太阳西斜了，我们就会拿着盆、呼朋结伴去水塘里摸螺蛳。螺蛳喜欢群居，在池塘边上常常盘踞着一窝窝的螺蛳，特别是浮在水面的荷叶，不仅叶底下就连茎上也吸满了螺蛳，一捋就是一大把。水盆浮在水面随手拽在身边，不大一会，盆就装满了。除去螺蛳，还会摸到河蚌、虾之类的，运气好时，还会摸到几条草鱼，那就是意外的收获了，也会招来其他小伙伴艳羡的目光。

螺蛳从河里捞回来之后，不能立刻就吃，要进行清洗。清洗的时候，先要反复搓洗螺蛳壳上的绿苔和淤泥。等外壳搓洗干净后，再将螺蛳放入清水中养上一两天，让螺蛳把壳里的污泥脏物全吐出来。水脏了，要及时换水。等到盆里的水变成清水时，再滴入几滴食用油，螺蛳才会将肚子里的小螺蛳吐出来。这样，来来回回几次，螺蛳就彻彻底底地清洗干净，就可以让母亲烹食了。

螺蛳的烹食有两种，一种连壳一起煮，一种是炒螺蛳肉。因为烹饪方法的不同，吃起来也是各有味道。炒螺蛳就是用针把肉挑出来，然后用盐搓洗干净，接着再和韭菜、辣椒、大蒜一起爆炒。爆炒出来的螺蛳肉，鲜嫩、清香、爽口，最好是用烙馍卷着吃。在炎炎的夏日里，是一道非常下饭的佳肴，无论是用来下酒或搭配米饭食用都非常无敌，会勾起你深藏的食欲。

吃得最多的是煮螺蛳，将洗干净的螺蛳用钳子夹掉尾壳，用葱、姜、蒜、花椒、大料和辣椒爆炒，炒的时候一般用旺火，最好炒得壳变色，小盖子脱落，然后盛起来放进锅里煮。煮的时候先用大火，后用文火慢慢煨，待汤汁渐浓、香味四溢后便可以上桌了。煮泥螺，也是一门学问，煮得太老，壳撬不开。煮得太熟，滋味全失。母亲是煮泥螺的好手，总能把泥螺煮得恰到好处，丰满而柔软的泥螺肉，显得特别的腴嫩可口。

当满满一盆冒着热气、味道诱人的螺蛳端上餐桌时，全家人的目光和味觉顿时都被吸引了过去，我们也随之放下筷子勺子，迫不及待地向那滚热烫手的螺蛳抓去。煮出的螺蛳香辣味浓，不仅螺肉被汤汁浸泡得饱满，还能连汁带肉完整地吸吮到嘴里，其特有的鲜香霎时溢满了口腔，绝对胃口大开、欲罢不能。那架势真可谓是风卷残云，不一会儿我们每个人面前便堆满了螺壳。有时候，遇到特别大的螺蛳，便邀功似的送到父母亲的面前去。那种融洽无边的快乐，隔了那么多年回想，还有一缕余温留存在心头。

　　吃螺蛳要用嘴吸才有趣，拇指和中指捏着螺身，然后对着螺蛳一吸，舌尖一顶螺蛳肉进到嘴里，肠子还留在壳中。看似简单，实际上也是需要技巧的，没技巧的很难吸出来，只能老老实实地用牙签慢慢地把螺肉挑出来吃。我是属于那种有技巧的食者，常常是辣得满头大汗，嘴里"嘘嘘"地呼着气，仍是抵挡不了螺肉的美味，喝一口水抹一把汗继续吮吸着。很快桌前就积满了一大堆螺壳，拨动起来叮当作响，甚至连盆中所剩的汤汁都舍不得丢掉，而是用来泡米饭吃。

　　后来，螺蛳成了夏天街头巷尾的一道小吃。随便找个夜市摊子坐在街道旁，一边吃着麻辣鲜香的螺蛳，一边懒洋洋地看着来往的人们，惬意而悠闲。每每看到街头的螺蛳，我便会不自禁地想起儿时吃螺蛳的情形，它们不仅让我美美地解够了馋、过足了瘾，那齿颊留香、意犹未尽的感觉将长久地在嘴里盘旋回荡。

食粥做神仙

粥是一种既实惠又养人的饭食,也是乡村最常见的家常便饭。特别是在天寒时节,喝上一碗热乎乎的粥,真的是一件很幸福的事。

最常见的是白米粥,不要他物的辅助,便自有一种水田里晨风宿露的香气,沁人心脾。母亲爱喝白米粥,而且把粥煮得又黏又稠。每次锅开以后,厨房里便雾气蒙蒙地飘起阵阵甜丝丝的粥香,灶上锅里咕嘟咕嘟白米翻滚的声音,像是有人唱歌一样。熄火后的粥是不能马上就喝的,微微地焖上一阵,待粥锅四边翘起一圈薄薄的白膜,粥面上结成一层米油,大米已变得极其柔软,几乎融化,粥才成其为粥。那样的白米粥,清爽可口,温热地喝下去,顿时精神焕发,五脏六腑和温熨帖,周身通达舒畅,真是说不出的惬意。

我就在这样一个美好的环境下长大,自然是极爱喝粥,甚至是嗜粥如命的,能一口气吃上三大碗。随着社会生活的变迁,粥的功能也从一般聊以糊口、解决温饱的实用性,开始迈向对粥的审美、欣赏以及享受的高度,母亲会时不时熬上一锅银耳粥、红枣粥以及其他或精致或粗糙或富丽或简朴的各式各样的粥。八宝粥则是粥中最为壮观、最具诱惑力的一种，但它的食材与制作却很简单，只要把大米、花生、绿豆、红豆、莲子、扁豆、红枣、桂圆、山药、百合等放在一锅煮烂成粥即可，不仅看起来色泽鲜艳、清香诱人，吃起来更是质软香甜、滑而不腻。

印象最深的是母亲熬制的荷叶粥，那时候村里村外到处都是荷塘，清风过去，绿叶随波，怡人的清香随风四溢，沁人心脾。母亲常常采摘荷叶做粥，煮粥前，荷叶除了要清洗之外，还要用开水焯烫，因为荷叶的正面有一层薄薄的毛绒，只有焯烫一下，才能更有效地去除那些没法洗净的杂质。然后将锅里放好水和大米，在火上慢熬，熬至米粒变软的时候，将洗净的荷叶切成几块放入粥中，不再用锅盖，取一张碧绿的荷叶当锅盖罩上，用小火熬。

很快，荷叶的香气随着粥香弥漫开来。待锅中荷叶的色与香都溶入粥中时，将荷叶捞出，再加入少许冰糖，香甜便融合在粥里了。熬好的荷叶粥，黏稠而透亮，米色中有浅浅的绿，粥中有淡淡的荷香。一碗在手，只消闻，立刻就有了临塘观荷的凉爽心境。喝一口，只觉粥中吸足了荷香，那真是荷香助粥味，粥味衬荷香，再伴以冰糖的丝丝甜味，五脏六腑和温熨帖，周身通达舒畅，真是说不出的惬意。

熬粥是有讲究的，母亲也曾给我讲过一些熬粥的基本技巧，除了掌握好火候以外，还要把握好水与米的比例，放入锅后则不再增减，然后调匀火候，细煮慢炖。但结婚之后，我和爱人熬出的粥总没有母亲熬的好喝，要不稠了，要不稀了，要不火候不够等等。于是便很少熬粥了，早点也代之以面包、豆浆、牛奶等等。所以，每次母亲来家小住，都会给我们熬起粥来，于是我早也喝粥、晚也喝粥，而且总是见锅见底，一抢而空。

　　清人王士雄在《随息居饮食谱》中说："粥饮为世间第一补人之物。"陆游也发出了"只将食粥致神仙"的感慨，虽为诗人的夸张之辞，但粥能养生延年却是可信的。对于我来说，能有粥喝，就是一种无上的幸福。粥也让我明白，不必刻意珍肴佳馔，平凡的生活、普通的稻米里就有着最清香的滋味。

冷饮里的夏天

夏日炎炎，口渴难当，虽然时髦的饮料很多，什么"可口可乐""奶茶""雪碧"之类的铺天盖地、充斥街头，可我却不禁怀念起那些已经远去的传统饮品，如酸梅汤、绿豆汁、莲子汤等。

想当年，每当夏令，村子里的小卖部就有酸梅汤、冰棍卖，生意可谓门庭若市、十分兴隆。花上一毛钱就能喝一大杯酸梅汤，又甜又酸，带着一股桂花的清香，沁人心脾，令人精神为之一爽，如果再买几块糕点，边喝边吃，简直美极了。再热的夏天，有了这些消暑的饮品，也会品出些许凉意。

印象中，喝酸梅汤是最为惬意的享受，而且解渴和祛暑的作用非常突出。酸梅指的是乌梅，用开水熬煮为汤后，滤掉渣滓，加入冰糖或白糖，再加入桂花，凉后再加入碎冰块冰镇。卖酸梅汤的通常手执两个小铜碗，两碗相叠，频频相敲，有断有续，发出"得儿铮——铮"的声音，听起来异常清亮，又被形象地称之为"打冰盏儿"。

除去酸梅汤，夏日的冰棍也值得怀念。我记得那时的冰棍有两种，一种是五分钱一支的红豆冰棍，一种是一毛钱一支的奶油冰棍，我吃得最多的是红豆冰棍。天气热了，是我最高兴的时候，母亲会给我一毛钱，然后说：这是两天的冰棍钱，拿好别丢了。我会高兴地使劲点头，眼里只有那一毛钱，而后大笑着去小卖部买冰棍。那时冰棍的外包装是纸的，是一种淡淡的粉色，很薄很薄的，在冰棍的头顶上打一个圈，在纸的外层有一个图案，写着名字，好像连产地都没有，就是这种简单包装的冰棍却是我儿时的最爱。

后来上学了，无意中在宋代的《武林旧事》中看到了花色繁多的冷饮，共有十七种："甘豆汤、椰子酒、豆儿水、鹿梨浆、卤梅水、姜蜜水、木瓜汁、茶水、沉香水、荔枝膏水、苦水、金橘团、雪泡缩皮饮、梅花酒、香薷饮、五苓大顺散、紫苏饮。"让我大开眼界的同时，也生出一份羡慕，古人的夏天简直就是泡在冷饮里的啊。可是随着时光的流逝，其中绝大多数饮料的制法已经失传，连名称都十分陌生，不免令人为之惋惜。

记得母亲喜欢在炎炎的夏天给我们熬绿豆汤，绿豆性凉味甘，具有清热、解毒、祛火的功效，因而广受民间的喜爱。凉透的绿豆汤则另有一番滋味，不仅清香扑鼻，而且绿意生凉，喝一碗，清清凉凉的感觉，能把那烦热驱赶得无影无踪。所以，全家人打心眼里爱喝这绿豆汤，尤其是从外面疯玩回家的我，也顾不得洗手擦汗，端起碗就喝，两碗清凉的绿豆汤"咕嘟"下肚后，觉得两腋生风，暑气顿消，让人精神为之一爽，如果再有几块小点心，边喝边吃，简直美极了。

除去绿豆汤，母亲还会偶尔熬制莲子水等。莲子水是一种甜中有苦、苦中有甜的独特饮品，就是直接将新鲜莲蓬剥子放糖煮，不要去芯，有一种鲜美清香的风味。有时候母亲还会将其与红枣一起煮汤，既是点心，又是饮料。印象当中，最独特的是一种名为紫苏水的饮品。紫苏是田头河边常见的一种野草，其叶片呈紫色，茎、叶、籽都可以入药，母亲劳作回来时，会采上一把用来熬水喝，具有消除胸闷气短、脾胃不顺之功效。

后来，我对现在的饮品却提不起兴趣，再好的冷饮也吃不出儿时的那种味道了，童年时那份对冷饮的特别偏爱也随之不见了，说不清是什么感觉，也许是童年时的条件不好，很难吃上什么好的零食吧，而冷饮，以其物美价廉，赢取了许多孩子的芳心。不管原因如何，我知道那种日子是一去不回来了，我也找不回童年喝冷饮的滋味了，在我的内心深处最渴望的莫过于有一片清凉之处。

在炎炎的夏天里，我们也不妨为自己、为家人、为朋友，煮一款传统的夏令饮品吧，让古老的滋味化解今日的炎夏之苦，让我们在惬意中悠闲地品，在健康中清凉地饮，在轻松中快乐地笑……

【年风节俗故园情】

年的味道

乡村的年是一道美丽的风景,它的美在于它特有的风情和浓郁的人情味,让人一想起,眼前就自然而然会浮现一幅饱满、祥和、动感的画卷。在年的时光里,一种浓浓的暖意会在寒冷的冬日里涌动着,一颗心也会随着这暖意而升腾欢愉,不仅让寒冷和劳累都变得云淡风轻,而且让时光变得格外珍贵和融洽。

小时候,过年是很有味道的,不仅有感官上、味觉上的享受,更有精神上的愉悦。我对年的感觉是从腊月初一开始的,每年到了腊月,母亲就会提醒我们"进腊月了,往后说话要留意点,不许吵嘴,不许骂人,不许说粗鲁话,要互相忍让"。按照母亲的解释,一进腊月,家里的灶老爷要上天去汇报,为了让灶老爷能多说好话,保佑全家平安,一家人就要和和睦睦,欢欢喜喜过年。

进入腊月以后,母亲会选个日子打扫房间。我对扫房的印象非常深刻,早饭过后,全家人都把各自房间里的东西收拾起来,在桌子、床铺上盖起被单。母亲头戴草帽、手里举着一把绑在竹竿上的笤帚,把各个屋子的屋顶、房梁、墙壁上的积尘、蛛网扫除干净。然后，全家齐动手，擦洗家具、整理杂物，不仅擦拭干净，而且摆放整齐。虽然累得腿僵腰直，可看到屋子里焕然一新、整洁明亮，每个人都被这喜气洋洋的过年气氛所感染，心里充满了喜悦。

进入腊月的第一个节日是腊八节，在这一天要用五谷杂粮熬粥，预示着来年的丰收。在老家，母亲会把做好的第一碗腊八粥端出来，让我和妹妹用长树枝把它挑到石榴树、柿子树等结果子的树的枝杈上，并且念叨着"南来雁，北来雁，都来吃我的腊八饭"。这是因为，南来北往的鸟吃了腊八饭，来年这棵树就会果实累累、压弯枝条。吃了腊八饭，年味就浓了起来。

到了年二十五，家家户户就忙了起来。从早到晚，厨房里烟火不断，母亲的围裙到深夜才会取下来。村子里到处飘溢着香味，那种油炸的黄灿灿的色泽令人眼气，孩子们手上、嘴上都油光光的，麻叶、馓子、炸果，大箩小筐堆得尖满，眼睛不知看什么才好，嘴巴也不知道吃什么才好。这时，每家每户都会蒸馒头，顺着馒头气儿准能找到主人，你就会看到有一双手，在满世界白白的蒸气里游走，让你的浮躁变为平静，改你的轻狂为温柔。

时光悄悄地滑行，大年三十是最激动人心的时刻了。多数人家都会在年三十中午以前贴对联，对联贴好，就可以吃午饭了，算是开始过年了。黑暗降临以后，整个家庭笼罩在神圣、肃穆的气氛里，父母亲把早已准备好的供品端到户外的桌子上，点蜡烛、上香、祈祷，烛光闪动，辉耀着桌子上的各色供品。然后是年夜饭，一家人围成一圈，其乐融融。借着酒劲儿，游子将过去一年的得与失、喜与悲和盘托出。等到了午夜时分，鞭炮声会一直噼里啪啦地响个不息，绚丽的烟花也会如花朵一样开满夜空，空气里到处弥散着好闻的淡淡的火药味。

初一一大早，开门第一件事就是到坟地上去，给祖先烧纸拜年，除了纸钱以外，父亲还会备上一瓶白酒和鸡鱼肉蛋几个菜以及一桶饺子。初一以后的一串新春日子里，又是另一番景象，繁忙了一年的人们会暂放那忙碌的心，开始了悠闲的享受。老人选择一堵朝阳的矮墙，让冬日慵懒的阳光缓缓爬到身上，或一时兴起，讲起在光阴里沉睡良久的故事，让那些久远的时光和人物蹦跳在温软的阳光里。返家的年轻人会邀上三五知己小酌，让笑容盈盈地绽放于脸颊，让烦心事自然而然地溜走。最快活的小孩子们，他们的口袋里装满了零食、糖果，手上、嘴上都油光光的，身后留下此起彼伏的鞭炮声，作业、分数、老师的唠叨，都暂时靠边，藏猫猫、放鞭炮才是生活的主旋律，那快活劲就甭提了。

如今，时代已经进入了商业社会，年的味道也逐渐消减，但家乡的年却以浓浓的年味、其乐融融的人情，给我留下了幸福的记忆。那是我终生的财富，它提醒我在匆匆忙碌中不忘生活的温馨和浪漫，让我重温童年的美好。我也真诚地希望传统的新年能在喧嚣的商业社会里，以现代化的形式传承、发展。

贴副春联过大年

春联是新年的眼睛,为我们送走了过去的一年,带来了崭新的一年,带来了新年的好运、新年的祝福,它代表着祥和如意,蕴含着春节的喜庆,彰显着我们的传统文化。时至今日,春联这过年特定的符号却有些变味了。这时候,我会情不自禁地回想起与春联有关的那些温馨而又甜蜜的往事,试图找回曾经那份浓浓的年味。

说起春联,脑际马上会浮现出一大批文字来,什么"国泰民安,人寿年丰",什么"五谷丰登,六畜兴旺",什么"爆竹声中一岁除,总把新桃换旧符"等等,反正字里行间都透着喜庆,并承载着人们对来年美好的愿望。那时候老家人贴春联不像现在都是在街上买的,而是写出来的,那些红红灼灼、墨香浓郁的春联,熠熠生辉、轻盈飞舞,让年充满了喜庆味儿和人情味。

老家在贴春联的同时还会贴五福,就是一种用彩纸镂空,里面用刀刻出好看的花纹和祝福的文字的长方形状的纸制品。五福一般贴在春联横幅的下面,迎风飘动,煞是好看。五福、春联等贴好了,那就好看了,到处一片红彤彤的景象,家家户户都喜气洋洋。加上那时候春节常常是大雪纷飞、白雪皑皑的，在瑞雪的映照下，一个火红的春节就这样在春联的烘托下燃烧了起来，暖遍了每个人的心房……

自我记事起，每逢春节临近，能写一手不错毛笔字的父亲就忙着给村里乡亲们写春联，不管是谁，父亲都一样的热情，一样的对待。我那个时候也会跟着凑热闹，帮着裁纸，帮着把写好的春联铺平、晾干墨汁什么的。我爱看父亲写春联，感觉是一种美的享受。看着父亲毛笔一挥，一气呵成出一幅幅漂亮的春联来，我都会在心里升腾起一股莫大的成就感。基本上等到所有的人都满意地拿着春联走了，父亲才匆忙地写着自家的对联，接下来我帮着抹糨糊，父亲一门接一门地贴着。有一次父亲边贴边对我说，"这春联要贴得正，做人呀也是一样，从小就要站得直、走得正。"我当时对父亲的话似懂非懂，但那句话我却记住了，并且一直记到了现在。

上学之后，我知道了春联起源于周代的桃符。据《后汉书·礼仪志》说，桃符长六寸，宽三寸，桃木板上书"神荼""郁垒"二神。"正月一日，造桃符著户，名仙木，百鬼所畏。"所以，清代《燕京时岁记》上说："春联者，即桃符也。"最早的春联为五代后蜀国皇帝孟昶所撰，他在过春节时，令人将桃树削片，并在上面题写了联句"新年纳余庆，佳节号长春"，以此来取代桃符。春联这一名称的正式诞生，则在明朝。明朝开国皇帝朱元璋建都金陵后，曾在除夕时下旨："公卿士庶之家，须写春联一副，以缀新年。"此后春联便沿袭成为习俗，一直流传至今。

父亲就这样写了一年又一年，忙了一年又一年，时光也在父亲的春联中老去。不知从什么时候起，流水线上的春联生产出来了，人们也不把春联当回事了，说红红的有那点意思就行了。不过，我始终对生产线上流出的春联没有什么兴趣，感觉像没有生命力一样。于是，在过年的时候，常常会怀念那种透着墨香有种生命力在里面的春联。一有机会，我还是喜欢自己在家里铺上大红纸，手执毛笔，信手泼墨，写自己心中的春联。写着写着，那些模糊的记忆便清晰起来，我循着记忆的方向，又想到了父亲多年以前写春联时的情景，这一切已经烙在我的脑海，永远也挥之不去，这年年延续的记忆，照亮我走过一年又一年。

　　飞速发展的信息化时代造就了许多奇迹，同时也摧毁了许多美好的事物。现在春联仅作为过年的一种符号，而人们很少再去关注其内涵了。映入眼帘的多是流水线上生产出来的春联，虽印刷精美、雍容华贵，却千篇一律、缺少内涵，往往能看到十几户人家都是一模一样的春联，让人淡化了年味，淡化了那一份珍藏在心中对年的渴望。我真诚地希望传统的春联新年能在喧嚣的商业社会里，继续得以传承、发展。

溢彩流金的年画

年画曾是一个时代的缩影，寄托了对新年的企盼与希望，它曾伴随了一代或几代人，记忆了一段又一段的历史。虽然时间的尘土渐渐地把往事覆盖，然而，那些曾经带给我激动和快乐的年画，总会在每一个春节来临的时候，带上我的记忆回到了那个遥远、难忘的年代。

在老家的年味中，年画有着不可替代的地位。每当春节前夕，家家户户都把房院打扫得干干净净，会在正室、卧室、门上以及灶前等地方张贴年画，简陋的居室也因为有了几张鲜亮的年画点缀，而增添了节日气氛。可以说，悬挂、张贴年画是辞旧迎新的分界线，是欢乐祥和的里程碑，纵然家里拮据难耐，年画却一定要买几张的，买了、贴了，家才是家，年才是年。于是每年春节将至，父亲都会带我去买年画。此时的集市是年画的海洋，一幅幅的年画挂满大街小巷的各个角落，让人眼花缭乱、目不暇接。

年画分为神像、寓意吉祥、戏文故事三大类，无论是神像、故事或祝福吉祥等，几乎每幅年画都流传着一个动人的故事，成为见证历史、传承文明的重要载体，如《老鼠娶亲》《钟馗捉鬼》《穆桂英挂帅》等。不论怎样，门神年画是必不可少的，除此之外，寓意吉祥的"连年有余"年画也是不可少的，画面中心一个白胖的小子，穿着大红肚兜，胸前佩戴如意长命锁，手持莲花，抱着一条大红鲤鱼，一副欢笑可爱的神态，象征着人丁兴旺、丰盛有余。

买年画买的主要是心情，贴年画却能贴出过年的气氛来。贴年画前，父亲总要将屋里屋外仔仔细细打扫一番，我端着一小盆糨糊跟在父亲屁股后头。父亲贴年画的样子很虔诚，好像不是在贴年画，而是在把自己来年的希望和丰收全部贴在那一扇扇不大不小的门上。贴过年画的屋子，顿时洋溢着温暖的气息，流淌着阖家团圆的幸福……于是，在火红春联和花花绿绿的年画映衬下，拥挤狭窄的小院里，年的味道立即被渲染得醇厚香甜。

一张张年画如一缕春风，使平淡的日子一下子变成了红火火的年，也给辛苦奔波一年的人们无限的希冀，没人计较年画的内容细节，却都在意它带来的新气象、新色彩，夸张的也好，渲染的也罢，反正使每家每户都热气腾腾、喜气洋洋。因为有了年画，即便春节过去了很长时间，但喜庆的气氛和快乐的心情仍会长久地延续，虽然随着时间的推移，年画会褪色许多，但它失去的只是鲜艳的色彩，留下的却是温馨的回忆。

年画还是儿时的启蒙读物，可以说，每一张年画都是一个故事，那些故事给我小小的心灵以启迪。从小我就喜欢看门上的年画，花花绿绿的山水、造型夸张的神话人物、精彩的故事情节，都能给我带来无尽的遐想。所以，每到一户亲戚家拜年，门上的年画我是铁定要看的。我就是在这些年画中，熟悉了一段段历史,享受了一个个传说,结识了形形色色的人物,有意无意中懂得了一些简单的人生道理,也随之于潜移默化中悟出了一些单纯的、甚至有些可笑的世界观和人生理想,当然也对未来充满了幻想与期待。

　　随着社会的快速发展,在传统与现代的冲击中,过年的一系列仪式、完整的内容、丰富的内涵正在不断地遗失,年画曾经固有的那样一种质朴与生活韵味已经随着岁月的老去而渐渐远去,拥有千年历史的传统纸质年画成了一个片段、一个称谓、一个符号,取而代之的是塑料印制的堆满金银珠宝的所谓年画。

　　对于我来说,年画虽退出了历史的舞台,这份记忆却没有遗失,仍留在我们的脑海里,我会永远记住那些色彩斑斓的年画以及与年画有关的点滴岁月。

难眠元宵夜

"流光溢彩黄金地,火树银花不夜天。"一年一度的元宵节是一年中最热闹的节日,打灯笼、放鞭炮、猜灯谜、吃汤圆……特别是放飞的许愿灯给广博而寂寞的苍穹开出了各种的花朵,许多人都会在这元宵的夜里来赴千年不变的约定,火红的灯光也照亮了色彩斑斓的时光长河。

元宵节是老家的大节气,有句俗话说:"三十的火,十五的灯。"腊月三十的晚上除夕夜,必须把火烧得旺旺的;正月十五则是玩灯、观灯、放灯的日子,家家户户都要挂上红彤彤的灯笼,室内室外彻夜通明。从过罢大年初五,几乎家家户户就开始张罗起来。这时候,奶奶那双小脚能踩出一溜的风声来,嗓门儿也格外亮起来,进进出出时那满脸的褶子都像山菊花一样灿烂。奶奶在包菜饺子的同时,还会抽时间给我们蒸面灯。奶奶蒸的面灯,有月份灯、荷花灯,还有龙灯。晚上的时候,所有的房间都要放一盏,包括厨房,牲畜棚。奶奶会手捧着面灯,照亮房间的每一个角落,希望能驱邪保平安。

在那个较为贫瘠的年代,童年生活也蒙上了困苦的阴影,但爷爷总是想着法子来丰富我的童年生活。每年的元宵节是我最快乐的时候,每年这个时候,爷爷都会给我做个漂亮的花灯。花灯的做法是先用高粱秸扎成花篮的形状,四周糊上彩纸,再在花篮里装上一盏油灯或是一根蜡烛,最后安上一段二三尺长的木棍,举在手中,在玩花灯的队伍中穿行。由于其他的小伙伴多是拿着面灯,所以我提着花篮灯就甭提多神气了,总是让他们艳羡不已。

  到了正月十四的晚上,孩子们就开始上街打灯笼了。天刚擦黑我便拿块饼,夹块咸菜,提着爷爷给我做的花灯往外跑。冬日漆黑而冷清的乡村街道顿时热闹起来,烛光映红了我们的笑脸,驱散了我们所有的烦闷。在灯笼的照引下,我们一边三五成群地高唱着"元宵节,闹花灯,人们个个都欢腾,大街小巷做花灯,满街都是红灯笼……"的童谣,一边满村庄地乱蹿。那点点的灯光如闪烁的星星,给静谧的村庄带来了几点光明与祥和,那份快乐和得意也写满了我们红红的脸蛋。

  儿时对于元宵节的认知仅限于打灯笼、吃汤圆等等,到了上中学的年龄才从古人的诗文中窥得了元宵节原来还有这么多的传说,甚是美丽、奥秘与辉煌,至今我还能随口背起辛弃疾的《青玉案元夕》:"东风夜放花千树,更吹落、星如雨。宝马雕车香满路。凤箫声动,玉壶光转,一夜鱼龙舞。蛾儿雪柳黄金缕,笑语盈盈暗香去。众里寻他千百度。蓦然回首,那人却在,灯火阑珊处。"从此我的脑海中便留下了元宵节的诸多美好印象,乃至以后过的元宵节我常常会幼稚地加以对比,虽然"月色灯山满帝都,香车宝盖隘通衢""灯树千光照,花焰七枝开"这样的场面我却无缘识得过,但我记忆中的元宵之夜却依然是快乐无比的。

元宵节的氛围不仅在耳边、眼前缭绕,还会在舌苔上温存。除了打灯笼、放鞭炮那些热热闹闹的场景,元宵节还有一道甜甜蜜蜜的美食,那就是吃汤圆。元宵夜吃汤圆,寓意阖家团圆幸福,生活甜蜜美满。一家人围在一起吃汤圆,不仅是件非常快乐的事情,而且丝毫不比除夕之夜的温馨逊色多少。把一只只汤圆下到沸腾的锅里,等到汤圆似一群白鹅浮在水面,就可以大快朵颐了。轻轻咬开外皮,那油而不腻、黑润香甜的馅子,顿时充满了唇齿之间,香气久久不散,幸福周身弥漫。

小时候,最喜欢吃的汤圆是奶奶自己做的桂花汤圆。汤圆既软又糯,入口很有嚼头,而里面的桂花馅则更是甜香可口,吃后满嘴余香,很是让人留恋。奶奶做的桂花汤圆原料全是自己亲手配制。先用水泡上刚打下来的新米,待米充分吸收水分后,便用家里的小石磨磨成浆,再加入大量的水搅拌、沉淀,然后晾干,成为香糯可口的水磨粉。粉有了,接着便是调汤圆馅。奶奶调配的汤圆馅有十几种,如芝麻馅的、枣泥馅的、山楂馅的,但我最喜欢的还是桂花馅。为了能吃上新鲜的桂花馅,在桂花开放的时候,奶奶便把新鲜的桂花从树上采下来,腌制成桂花酱,待需用时才开瓶。

当岁月的风霜悄悄在额头刻上几条皱纹时,我才发现元宵在我心中早已不仅仅是一个节日了,它让我思索、让我欣赏。虽然随着物质生活的丰裕,我已看到了足够的花灯、足够的焰火、足够的繁华,但对我来说,一年一度的元宵夜仍是一个难眠的夜晚,它会在我的心底深处继续明亮着、温暖着、妩媚着,让我的心灵如化冻的河流,涨满春潮。

二月二，龙抬头的日子

过了春节，闹罢元宵，就是农历二月二了。尽管在节日氛围上不如春节和中秋节，但是在农家人的眼里，二月二也是一个隆重的节日，因为这是一个与龙有关的日子，也是一个由希望走向收获的节日。

"二月二，龙抬头。"此时正是阳气上升、万物复苏的时节。据说这一天蛰伏的动物，就会苏醒过来了，开始新一轮的生命轮回。这一天也是主管雨的龙王抬头的日子，可以施云布雨，润泽万物。从此日开始，煦暖的春风会吹绿柳条，会吹开花儿。从次日开始，天空中时不时有雷声滚动，带来淅淅沥沥的贵如油的春雨。村庄内外开始焕发出蓬勃的生机，到处都呈现出一派春天的景象。

在童年的记忆里，每年的二月二，父亲都会在天还没亮的时候圈折子。父亲先用簸箕从灶台里取出一些草木灰，然后在院子的中心圈一个大折子。父亲先在中心放一些小麦，然后一边用手托住簸箕，一边用木棍敲打簸箕边缘，让草木灰徐徐落下，撒成一个又一个的圆圈，意味着方方圆圆，平平安安，意味着邪魔鬼祟进不到家中去。大折子圈好之后，还要在周围圈几个小折子，里面放入玉米、大豆等五谷杂粮。

父亲一边圈折子，还一边念叨着"二月二，龙抬头。大折满，小折流"。圈折子是为了期待新的一年能够风调雨顺，五谷丰登。圈折子是千百年来流传下来的一种民间风俗，也是长期相沿积久而成的一种民间传承，既充满了想象，又写满了现实，是追求，也是梦想。在过去那个靠天吃饭的年代，天气的好坏直接影响着农家人的收成。圈折子也在一定程度上反映了淳朴的农人祈求美好生活的愿望与向往。

二月二是一个与龙有关的日子，好多的习俗都与龙有关，在老家一直流传着"二月二，剪龙头"的习俗。再加上老家的风俗，正月里是不能理发的，俗话说"正月剃头死舅舅"。所以，到了二月二这一天，无论大人小孩，无论贫穷与富贵，都会去理发店剃头理发。人们都期待着沾沾龙的喜气，图个新的一年中，鸿运当头，福星高照。另一方面，也是因为春节刚过，人们寄托一切从头开始，祈求一年祥瑞、顺利的意思。

无论什么节日，最吸引孩子的无非是吃和玩，有了这两样，便是快乐的节日。对于孩子们来说，二月二也是一个甜蜜的节日，因为这一天，家家户户都会炒糖豆。在前一天，母亲就早早挑选好又大又圆的豆子，然后洗净晾干。第二天一大早，母亲就在大铁锅里，将黄豆炒熟、炒焦，出锅时，借着余温拌上白糖。借着豆子的高温，白糖立刻融化并和豆子粘连在一起。那种味道，那份香甜，简直就是一种难得的美味与享受。

在老家，炒糖豆又被称为炒蝎豆，这是因为惊蛰过后，蝎子就开始活动了，就像俗语所说的一样"二月二，龙抬头，蝎子蜈蚣都露头"。所以，人们就把黄豆当成蝎子炒，嘎嘣嘎嘣嚼碎了，蝎子就不敢出来了。在这一天，无论大人小孩子，口袋里都会装着自己家炒的各种豆子，有黄豆、玉米、豌豆、蚕豆等等，每个人的嘴里都飘散出咀嚼豆子的香甜。假如谁家因为种种原因没炒豆子，左邻右舍都会让孩子给送一些过去，五花八门，十分丰富。

  对于孩子们来说，拥有糖豆的二月二是一年中难得的幸福时刻，不仅炊烟缭绕了农家小院，香气也弥漫了整个村庄。母亲炒的糖豆不糊不嫩，外香里脆，亮晶晶、黄灿灿、脆生生、甜津津。早饭过后，我们的口袋里都装满了糖豆，然后带着兴奋的心情和小伙伴们交换品尝。虽然家家户户的糖豆都差不多，但是孩子们却喜欢交换着吃，你给我，我给你，洋洋得意地张大了口，"咯嘣"一声，是那么脆、那么香、那么神气！

  二月二，龙抬头的日子。和其他传统节日一样，既有十分独特的文化内涵，也深深地镌刻着农耕时节人们对美好的憧憬与烙印。无论是炒糖豆、剃龙头，还是圈折子等，都是一种惹人相思的风俗，那是一种记忆深处的滋味，既朴素美好，又醇厚感人。

惊蛰看春

乡村的春天是最美、最有韵致的时节，惊蛰则是春暖花开、美丽而生机勃勃的节气。立春虽然预示着春天的到来，但是数九天里的立春散发不出春的魅力。唯有惊蛰磅礴热烈，呼啦啦的春风，偶尔春雷乍动、春雨绵绵，唤醒了蛰居的万物和沉睡的生命，给淡雅的春天描了一笔浓墨重彩的气息，让春天更能释放出它的魅力和瑞气。

《月令七十二候集解》中说："二月节，万物出乎震，震为雷，故曰惊蛰，是蛰虫惊而出走矣。"惊蛰之后，我似乎能从空气里嗅到独属于春天的芬芳。当我借着树上的叶、地上的草，触摸到春天的脚步时，我知道春天像开了闸的水一样穿过冰冷的冬天来了。于是，我像等待初恋的情人一般，以激动的心情等待着春的讯息，等待着嫩芽的吐露、新叶的生长、花朵的绽放、心情的舒展。

早春的风似乎抽走了那冰冷的骨刺，虽然有些寒，却开始变得柔和、流畅起来，既没有夏季风那样的燥热，也没冬北风呼啸着的那样坚硬，直叫人感觉如一只懒散的小猫伸出的小爪，挠得人痒痒的。春风的速度均匀而敏捷，体现在花花草草上更是迅捷，枯草衰叶一下子就有了水灵灵的生意，有了绿、有了芽、有了蓓蕾，好像一夕之间就冒出来似的，并且争分夺秒地浓妆起来，把生机就给激发出来，令人在白日也要做出旖旎的梦来。

楼下的树儿像约定好的一样，几乎都抽出绒毛一样的绿芽，那些绒绒的绿像昨夜刚从枝干挣脱出来。每一片都绿得像透明的绿水晶，颤抖地睁开了眼睛。我在这些树木前深深地受到了感动，好像我也感觉到了那抽芽的心情，那是一种春天的心情，只有在最深的土地中才能探知。我无法抑制心中的兴奋与感动，几乎每天都去看那些喧哗的芽一片片长成绿色的叶子，并且有的还长出嫩绿的枝丫，逐渐在野风中转成褐色，那真是一种奇妙的观察。

许多美丽的鸟儿也是在这时陡然出现在我们的视野里。在整个冬天，除了几只饥饿的麻雀之外，很少见到其他的鸟儿。但这个时候，燕子、喜鹊等诸多的鸟突然间都冒了出来，它们一个个迈着轻快的步伐，沉湎在春风里，时而几只、时而几十只地蹦跳在树枝上，错落起来，就像划出了一条五线谱，演奏起春天的大合唱。有时，窗外的鸟鸣声会把我从梦中唤醒。那些鸟鸣声透着细瓷的质感，清清纯纯地穿窗而过，似乎清脆地落在我的枕边，十分悦耳动人，给我一种非常奇特的感觉，于是一颗心变得异常柔软、松弛，海绵似的生出许多玲珑小孔，萌生了一种因受温暖爱抚而激动战栗的情感。

惊蛰还有吃梨的风俗，因为乍暖还寒的春天是个干燥的季节，而梨有润肺止咳清热之效，所以梨成了惊蛰这一天最出众的水果。由于我不喜欢吃梨，每到惊蛰这一天，母亲都要做蒸梨羹。她先将梨去核、切块，放入碗中，加入少量的清水，然后再放上冰糖和蜂蜜，搅拌均匀，最后放几颗川贝，上锅蒸。

　　火炉的热烈，随即将梨的香气捧起，四处飘散，整个房间充盈着清香的氤氲雾气和醉人心扉的甜蜜。蒸好的梨羹浓稠甜香，犹如蜜糖般的喜庆清爽，待稍凉之后，舀一勺放入口中，不用和牙齿接触，就会绵软细腻地滑入喉咙，川贝的清苦也被冰糖蜂蜜所遮盖，缠绵在唇齿间的是柔软清醇。那种落入凡尘的美味之感，似乎只有经过母亲爱的双手才能捕捉到。

　　惊蛰是个喜庆且有希望的节气，"惊蛰过，暖和和，蛤蟆老角唱山歌。"一首首春曲唱得大地绿了，花儿红了，人更精神了，正如苇岸所说的："到了惊蛰，春天总算坐稳了它的江山。"此时，可以与春天相约，看树叶、小草的成长，看花儿的绽放，看鸟儿的丽影，就好像看见生命的活跃，叫人兴起一股振奋，那是生命的欢唱、灵魂的愉悦，许多人、许多事会伴着那遥看近却无的草色踏歌而来。

　　惊蛰一到，我们的生命和希望都会重新复苏，所有的万物灵魂亦会随之热情奔放开来。惊蛰一到，身体暖了，心情亮了，新的希望和收获也就不远了……在不知不觉中，有股新鲜的亢奋的力量汇流进我的血脉和胸臆之中，在我的胸中活络地涌动起暖暖的血气，让我直达人生的隐秘之境。

三月三，风筝满天

每年的惊蛰过后，天气一天天变暖和，转眼又是放风筝的季节了。等到了农历三月三前后，各式各样的风筝飞在天空中，蝴蝶、蜈蚣、蜻蜓、老鹰……很美丽也很壮观。那些突然出现在空中的风筝，犹如春风吹来的花朵，争奇斗艳，千姿百态，给我们猛然带来了春天里第一个喜悦，仿佛它是春天的使者，让我们感觉到春天的悄然来临……

在老家有着"三月三，放风筝"的习俗，据传，放风筝最早是为图吉利，人们将风筝放得高高的，等快钻进云彩里的时候，然后有意将风筝线割断，让风筝随风飘去，意思是把一年来积下的"郁闷之气"彻底放飞出去，可在一年中不生病。而且风筝寄托着希望，代表了梦想高飞。另一方面，农家更希望那些在田亩上空的纸鹞能驱走畦间的恶鸟、害虫，以祈得一年五谷丰登。所以，放风筝逐渐成为一项快乐而又美好的休闲活动，在风筝线的这一端，一张张生动的笑脸所映出的幸福总是那么的真切。

在那个年头，农村的孩子没有很多花样的游戏活动，无非是打蜡子、滚铁环、摔泥炮等等，放风筝可以说是孩子们最有意思的活动了。对于幼时的我来说,放风筝是最感惬意的事了,每一次都玩得不亦乐乎,至今仍保留着一份怎么也挥之不去的记忆和诱惑。那时候的风筝多是家长自己糊的,虽然不太好看,但也能飞得极高。每年春天来临之际,父亲都会亲手给我扎风筝,他先把竹子劈成各种粗细的竹篾;然后根据我的喜爱慢慢弯出风筝的骨架,比如蜻蜓状、蝴蝶状;最后扎绳、粘纸,神态是那样深情,一扎一粘之中,融进了父亲对我的一片爱心。

父亲做完风筝之后,往往不等糨糊干透,便会带着迫不及待的我去试放风筝,教我如何拉线,如何让风筝飞得更高……在父亲的示范下,我学会了放线、收线,风筝也一会儿翻着筋斗,一会儿又平稳地向上升。在不停地放飞、不停地捡拾中,多少掌握了一些技巧,能把风筝放飞起来。慢慢地,风筝越飞越高,手中的线团也越来越小,我则越来越兴奋。风大时,风筝跑,人也跑,一股劲往前刮,头发飘起,衣衫卷起,鼓成翅翼,飘飘欲飞,那种感觉是无与伦比的,也是畅快淋漓的。

"儿童放学归来早,忙趁东风放纸鸢。"随着春风的扬起,小伙伴都拿出风筝去晒谷场、去空旷的田野,争先恐后地放飞一只只可爱的、各式各样的风筝。安静的晒谷场顿时热闹了起来,顿时变成了欢乐的海洋。在放飞风筝之前,小伙伴会先比试一番,看谁的风筝漂亮,直到最后也没有个结论。那时候放风筝,总是希望风筝越飞越高,总要放到线尽头。然后扯着风筝的线,眯着眼睛看天空中的风筝,并且痴想做一只无忧无虑、高高在上的风筝,在天上飘啊飘。周围都是和自己一样的孩子,不停地尖叫欢呼、奔跑嬉戏,那份雀跃的感觉美到骨子里,笑声也在空旷吵闹的田野上肆无忌惮地荡漾开来。

随着年龄的增长，许多儿时的兴趣有所淡薄，可是风筝飘摇的思绪总是缭绕在心头，就像那一首歌所唱的，"又是一年三月三，风筝飞满天，牵着我的思念和梦幻，走回到童年……"每每看见别人放风筝时，仍不免驻足瞧上几眼。闲暇之余，也会带上家人去郊外放风筝，看风筝在微寒的清风里飘起，看稚气和童真在女儿的脸上，一如春花开得那么灿烂艳丽，我好像又回到了孩童时代。我之所以喜欢放风筝，是因为它属于蓝天、白云和风的缘故，看着它飘飞在蓝天和白云之间，我会忘记所有的烦恼和不快，获得一种酒醉般的忘我。

岁月在不知不觉中走过，童年的风筝已经是记忆里美好的片段，那梦幻与欢笑的岁月慢慢变幻成嘴角淡淡的微笑。可是春去春又回，很多东西在我们手中是无法停止的，风筝悠悠，悠悠我心。在这风和日丽的春天里，让我们快到蓝天下、阳光里来吧，带上一只美丽的风筝，为自己放飞一份希望，放飞一份美丽的心情，把祝福和愿望洒在春天的每一个角落。

走在清明的时光里

春分过后，转眼又到了"青梅如豆柳如眉"的清明时光，正如《淮南子·天文训》所说的："春分后十五日，斗指乙，则清明风至。"清明是个有着两千多年历史的古老节日，岁月的赓续、社会的嬗变使它逐渐演变成了一个既充满了悲伤与怀念，又充满了诗意的特殊日子。在老家，祭奠先人、踏春游玩、春耕春种等诸多习俗为我们的生活平添了许多的美好。

清明最重要的习俗是祭祖扫墓、缅怀先人，因此清明的时光是忧伤的。古人留下了许多触景伤情的诗作，如杜牧的"清明时节雨纷纷，路上行人欲断魂"，白居易的"乌啼鹊躁昏乔木……清明寒食谁家哭"，都写出了清明节的特殊气氛，悲情跃然诗上，令人凄然。"又到一年清明时，家家遥拜祖先知。"当清明来时，天地间似乎弥漫着浓郁的怀念气息，我心底的哀愁和忧伤也会蔓延开去。

每年的清明，我都会陪同父母去祭拜爷爷、奶奶以及那些更早地长眠在厚土中的先人，除了酒食果品外，还会为坟墓培上新土，折几枝嫩绿的柳枝插在坟上。虽然阴阳相隔，但是儿时亲切的叮咛总会在心田萦绕，我也希望这一缕缕相思的青烟,能寄去对亲人无尽的哀思!其实,清明节不仅是一个哀思日,也是慎终追远、敦亲睦族表达感恩的节日。"子欲养而亲不在"也警醒活着的人们,如若真心感恩,还应及时行孝。

清明的时光是诗意的,冬去春来,万物复苏,特别是在一两场如酥的春雨飘过之后,仿佛一切都是崭新的,一切都是亮丽的,一切都是清爽的,那真是透彻心脾的至清至明之景色,蜷缩了一冬的人们可以走出户外踏青赏花。记得在小时候,家人会在清明节前夕拴根绳子挽在树杈上,不仅小孩荡,而且大人们都会荡,所谓"荡一荡,百病除",其实这话不无道理,按照天地阴阳之说,冬天蛰伏,郁气积存,称为阴。天地清明之时,阳气上升,选择户外活动有助于吸纳大自然的纯阳之气,从而催动生命的流转,自然会非常有益于人的身心健康。

清明的时光是忙碌的,"清明断雪,谷雨断霜",作为一个表征物候、用来安排农事活动的节气,清明含有天气晴朗、草木繁茂的意思。《岁时百问》曾经介绍说"万物生长此时,皆清静、清洁而宁静,故谓之清明",也就是说地上生长的万物,正在这个节气的时候开始绽发出生机,由于清明一到,气温升高,雨量增多,是万物生长的大好时光,在民间也有"清明前后,点瓜种豆"的谚语。

"懵懵懂懂,清明浸种。"清明正是春耕春种的大好时机,此时农人始事耕作,一年的劳作也从此开始,开沟排水、整地送粪、加施追肥。记得小时候,田间地头到处都是忙碌的身影,春耕备耕的热闹场面随处可见。由于那时年纪小,不能帮助家人干农活,但我们也不会闲着,有时候帮着送个水或是送个饭,有时候提个篮子去挖野菜,什么荠菜、灰灰菜、苦苦菜……都是我们采挖的对象，回到家里总会招来父母的一通赞扬，然后就等着母亲把那些野菜变成可口的美味了。

"春宵一刻值千金"，清明的时光是短暂的、宝贵的、难得的。我们在扫墓祭奠先人的同时，也应该想着给自己寻觅一份清明爽朗的心情，我们要趁着这美好的春光，欣赏与享受这清丽的景致，在春光明媚的大自然里寻找一份清明与淡定。在清明节习俗的继承和发展过程中，我们要去其糟粕，留其精华，在发展中赋予它新的内容，使其更适应时代的发展，更具魅力。

清明的忧伤

"懵懵懂懂，清明浸种。"随着清明的到来，猫了一冬的人们又活跃了起来。对有的人来说，清明可能是赏心悦目的，也可能是忙碌的，但对我来说，则是忧伤的。每年的清明都是一种债，每每这个时候，我的内心一下子就潮湿了起来，不禁为自己曾经的冲动而后悔不已。

小时候，家住在故黄河畔，河两岸是高高的堤坝，土质非常的好，很适合种植西瓜。爷爷便在上面种起了一大片西瓜，为了精心摆弄他的西瓜，爷爷就把家安在了高头上，吃住都在瓜棚里。瓜棚也很简单，几根木头一支，顶上铺一层茅草就成了。暑假没事的时候，会和爷爷一起去瓜棚里看瓜，那是一件非常有趣的事情。夜幕降临后，青蛙、蟋蟀、萤火虫等小动物和昆虫全都从草丛里钻了出来，整个瓜田地也变得热闹起来。爷爷一边用蒲扇给我驱赶蚊虫，一边给我讲《西游记》等故事，那温馨的情景让我至今难忘。

那时的晚上，我们一群顽皮蛋会随大人一起去故黄河里洗澡玩耍。每每瓜熟的时候，爷爷就会挑个大的给我们品尝。爷爷会到地里转一圈，没多大会儿就抱着一个大西瓜回来了，不需要用刀子，只见爷爷用手掌轻轻一劈，瓜就裂开了，红色的瓜瓤无比诱人，用牙轻轻一咬，又甜又沙，口齿生津，每一次都吃得我肚子圆滚，那是一份无比的满足。

记得一年夏天，爷爷在瓜田里种了一个新品种，其中有一个我们从来没见过的大西瓜，那是爷爷特意培植留做种子的。当我们看到这么大的西瓜时，都馋得嘴里发痒，并谈论要偷这个瓜吃，但我们心里非常明白，这只不过是说说罢了，因为一想到爷爷大发雷霆的模样，我们心里就发怵。一天晚上，我们几个洗完澡后，在岸边歇气。闲聊中，打起赌说："谁能把那个种瓜弄来，谁就是老大。"这时，我站起身说："我这就去把它弄来。"小伙伴们都愣了。沉默中，我感觉到了他们对我的敬意，就连我也觉得自己真了不起。

说完之后，我领头沿着河岸向瓜地走去。拨开草丛，可以清楚地看见坐在瓜棚里的爷爷。我们就在那里等着，既忘记了炎热，也忘记了蚊虫的叮咬。后来趁着爷爷上厕所的空，我赶紧跑过去，把那个大西瓜给摘了下来。当我慌慌张张、跌跌撞撞地把它抱到安全地带时，我的脊梁一阵冰冷。然后，我在他们的欢呼声中把瓜从中间切成两半。那瓜瓤子水灵灵的，闪着微光，送到嘴里后，又甜又香，我们从来没吃过这么甜的瓜。

就在我们得意的时候，忽然，听到爷爷发出了一声令人窒息的叫声。那声音，像一把刀子刺穿了我的心窝。在河边洗澡的大人们全都朝瓜棚跑去，只见爷爷像喝醉了似的，在瓜地里跟跟跄跄、摇来晃去，一面吼叫着，那声音真可怕。人们赶紧上前把他拉住了，爷爷也好像清醒过来。他的胸脯剧烈地起伏着，整个世界仿佛都跟他一块儿凝固了。"你们谁偷走了我的种瓜？"他说道，声音是那么的轻。要不是亲耳听见，我绝不会相信，爷爷竟然也会如此轻言细语。泪光在他的脸上闪烁着，我从没见过爷爷这样伤心地哭泣，我再也不忍心看他。

那天晚上，我怎么也睡不着，心中乱成一团麻，后悔自己轻率地干了这件事！天刚刚蒙蒙亮，我就来到昨晚偷吃西瓜的地方，拣起地上的瓜子。当我提着袋子，来到爷爷的瓜棚前时，两条腿一个劲地哆嗦。爷爷已经恢复了常态："有啥事吗，小峰？"我的上牙直打下牙，简直说不出话。我只好捧出了那个袋子，"爷爷，这是你那个种瓜里的种子。""什么？那瓜是你偷的？""……爷爷，你打我一顿吧，我真是太不应该。""算了，能承认错误就好，好在瓜种还在，明年仍可以种。"从那一刻起，我心中的明年就开始了。没想到的是第二年夏天还没开始，爷爷就带着未实现的愿望去世了，这个遗憾也成了我心中的一团阴影。

每年的清明，我都会拎上一瓶老酒赶回去给爷爷上坟，每次我都会和父亲一起剔去坟头上的杂草，培上新土。我也知道不管时光怎么改变，这都是我一生无法偿还的债，它将时刻提醒我这个从乡间走出去的后人，无论干什么都不能意气用事，都不能逞强好胜，不管多弯多难的路，都要走得实实在在、从从容容。

谷雨时节

谷雨是一年二十四节气中最为清雅的，细细咀嚼这两个字，让人油然而生一种说不出的亲情和惬意。读起来，口里心里浸润的都是新绿的芬芳和春雨的温润。真是佩服我们的先人，有那么美好和具体生动的想象力，把"谷"与"雨"这两个字巧妙地搭配结合在一起，像春雨春风般的和煦，使之不但形象地预告了农业的节气，更彰显了极具诗意的意蕴，给人无限的遐想。

谷雨是春天的最后一个节气，此时，山更青了，水更亮了，草儿抓紧最后的春光争先恐后地疯长，树木渐渐蓬开葳蕤的芽叶，树阴也慢慢有了匝地的感觉。花儿们基本上都妖娆地走了一趟，纷纷以暂别故枝的方式谢幕。果实们前呼后拥地上场，风雨兼程中透着喜悦。表现最明显的是杏子，甚至有些张扬，半月间，杏子就指头肚儿大小了。当然还有花儿在开着，如紫桐花、洋槐花、油菜花，其中油菜花纯金的黄是此时的主色调，虽然有的果荚已经出现，但仍有许多累累串串的花枝摇曳在风里，蜜蜂上下翻飞，让空气里充满了香甜的味道。

谷雨也是一个重要的农业节气，此时天气暖和，雨水也充沛，有利于越冬作物的返青拔节和春播作物的播种出苗，特别对谷类的生长发育关系很大，正如《群芳谱》所谓的："谷雨，谷得雨而生也。"所以，田野上到处是忙碌的景象，施肥、播种、育秧……这时，最受关注的是麦田，可谓美不胜收，甚至可以说让人惊奇得不得了。麦子长高的速度好像慢下来了，显示出了孕期的肥硕，个个都抱出了麦穗，高高低低、争先恐后，在阳光的照射下，生机勃勃，让人觉得麦香铺盖田野的日子就在不远处了。

谷雨时节也是培育秧苗的时机，整好的秧田，看上去平整如镜，田面覆着薄薄的一层"瓜皮水"，稻种从父亲粗粝的手中极均匀地撒向田里，以雨点的密度散布点点水波。要不多久，密密匝匝的秧苗就开始吐芽，转而变淡黄、墨绿，十分的养眼。劳作结束之时，年纪轻点的会把沾有泥巴的手偷偷摸向别人的脸，被偷袭者一定会追逐报复，一而再，再而三，整个场面嬉笑而骚动，花脸下只剩下一双双眼睛在欢愉地眨动。

谷雨也是一个和布谷鸟相关的节气，正如《月令七十二候集解》所说的："一候，萍始生；二候，鸣鸠拂其羽；三候，戴胜降于桑。"意思是说谷雨后降雨量增多，浮萍开始生长，接着布谷鸟便开始提醒人们播种了，然后是桑树上开始见到戴胜鸟。戴胜鸟我没见过，布谷鸟却是再熟悉不过的了。这是一种体形大小和鸽子差不多，身子细长、背部暗灰色、腹部布满了横斑的鸟儿，别看它其貌不扬，却是催耕的使者。每年谷雨前后，从村子周围的树林里、田野上便会传来它亲切悦耳的歌声，"布谷布谷，布谷布谷"，好像在唱"快快播谷，快快播谷"，它那嘹亮的口号不仅润泽了肥沃的土地，也拉开了一年丰收的帷幕。行走在田埂上，倾听布谷激情的鸣叫，看结穗的麦子丰实饱满，看秧苗青青地拱出泥土，心头会充满对生活的美好向往。

　　谷雨最妙的是还和茶联系在一起，谷雨期间盛产的茶叫谷雨茶，坊间也称之为谷雨尖，是绿茶中的上品。明代许次纾在《茶疏》中认为采茶时节以"清明太早，立夏太迟，谷雨前后，其时适中"。由于经历了适合生长的温度和充沛雨水的滋润，谷雨茶芽叶肥硕、色泽翠绿、叶质柔软，较之明前茶，它的茶汁香气更加宜人，口感更为甘甜醇正。每年此时，三两好友相聚一隅，暂离俗世的烦躁和功利，泡一壶谷雨尖，闻着茶叶的淡淡清香，啜着茶水的浅浅清润，细细品味那香中带苦、苦中见涩、涩中有甘的感觉，那滋味让人舌尖生津，怡然陶醉。

　　谷雨是一种神示、一种宿命的象征，它叫醒了种子，拔高了家乡那返青的麦苗，激发着生命的生生不息……所以，在这个清雅的日子里，让我们一同播种着希望，挥洒着诗意，品味着香茗，寻得多彩的况味人生，使我们走过的每一个日子都芳香四溢、精彩纷呈。

芒种之忙

芒种是二十四节气中一个与收获有关的节气，顾名思义，"芒"是指麦类等有芒植物的收获；"种"是指稻谷、玉米等作物的播种。漫步在乡间的田野上，到处都是繁忙的景象。此时，我们能轻易感受到四处流动的光芒，那是一份关于生命、关于收获的光芒。正如林清玄所写的："芒种，是多么美的名字，稻子的背负是芒种，麦穗的承担是芒种，高粱的波浪是芒种，天人菊在野风中盛放是芒种……有时候感觉到那一丝丝落下的阳光，也是芒种。"

芒种是个标志着小麦成熟、开镰收获的节气，此时的麦子少了青秀、挺拔或者婀娜，好看不起来了，就如同临产的女子，有些倦怠而慵懒，却又魅力无限。麦田地表现出了最富生命的激情，麦地在四溅的阳光下流金溢彩，每当轻风拂来时，四周都会发出喧哗的声息，麦穗与麦穗亲昵着、嬉闹着，勃发出一种诗的韵律，一种歌的行板。在麦地前站定，一种干燥的热辣辣的无遮拦的香，铺天盖地，和麦子们一起延展到远方。白蝴蝶们飞上飞下地追逐着，在麦子们头顶或者身下表达爱情。

"芒种前后麦上场，男女老少昼夜忙。"芒种时节，承接着春播夏华,背负着一年的幸福和希望。所以说,芒种里的忙碌是一年里最紧张、最辛苦、也最有成就感的忙碌,眼看着到手的丰收景象,不管是谁,喜悦的心情都不能按捺得住!所以,父辈们在这一天的明亮眼神让我至今记忆深刻。清晨,当布谷清脆、悦耳的鸟鸣穿过晨曦,父辈们一骨碌翻身起床,取下挂在门后墙角的镰刀,找出躺在旮旯里的磨刀石,跟在身后的小孩子急忙端来一盆清水,乖巧地把磨刀石洗干净了,静静地立在一边看父亲挽起袖子,"哧、哧、哧"地将镰刀磨得铮明瓦亮。

芒种时节的原野,不用到跟前就可以想象出它的壮观:一眼望不到边的沉甸甸的麦穗在明晃晃的太阳底下闪烁着耀眼的光芒,赶早下地的男男女女分散在麦田里,早已躬身弯腰地拉开了阵势,手中的镰刀不停地飞舞着,起落处,一片片麦子有秩序地倒在地上。在无垠的麦海里,不时有悠扬的小调传了过来,它们带着些许的乡野气息,让人不由得想起舜帝作的《南风歌》:"南风之薰兮,可以解吾民之愠兮。南风之时兮,可以阜吾民之财兮!"它们由远及近,又由近及远地划过丰收的原野,给汗流浃背地忙于收获的人们送来一丝清凉。

"收麦如救火,龙口把粮夺",芒种的忙是名副其实的忙,此时成熟的小麦,若遇到风雨,容易倒伏、落粒、麦穗发芽霉变。为了防止麦子毁于一旦,所有的农家人必须抓住稍纵即逝的晴好天气,抢割、抢运、抢晒,否则万一因为一时的疏懒,而导致麦子减产、减收,就真的是一件后悔晚矣的事情了。在忙着收割麦子的同时,还要腾出茬口,翻耕田地、挖渠引水,忙着把大豆、花生、玉米、芝麻、绿豆等种进地里,样样都是艰辛的体力活。

芒种时节，微热的风不仅吹黄、吹熟了麦子，也吹黄、吹熟了那一树的杏儿。一个个黄澄澄、圆滚滚的杏，像是一颗颗玲珑剔透的素色水晶，闪耀着那样炫目的金光，把整个树枝都压弯了，老远就有一股挡不住的清香扑面而来。每到这时，母亲便会拿出长杆、勾、篓子等工具，来采摘杏，我是一边帮忙，一边吃。熟透的杏，透着香甜的气息，用手轻轻一掰，黄澄澄的果肉闪着莹润的光辉，诱惑着你。吃进嘴里，那是一股香中透甜、甜中微酸的独特感觉，甚是爽口爽脾。

光阴荏苒，跳出农门的我早已不用再在太阳底下挥汗如雨、辛苦劳作了。可是每到芒种时节，听到布谷鸟那熟悉的叫声，对那片浸透着心血和汗水的土地的深情，便犹如田野里那一望无际的金黄色的麦浪，在内心深处汹涌激荡。那热火朝天的开镰收割、打麦扬场的景象，已沉淀成金黄色的影像，定格在记忆深处，历久弥新，直到永远。

最忆儿时端午节

　　端午节是一个温馨而甜蜜的节日,浸透着一种浓浓的亲情。时光进入农历五月,端午节的氛围就日渐浓厚起来,空气里弥漫的粽子香味儿也越来越浓,节日的味道随着粽子的清香沁入肺腑。在老家,端午节有许多有趣的习俗,如门口插艾、吃粽子、挂香袋等等。

　　端午节的前一天,父亲会早早起来,拿了镰刀,去地里割青艾。早饭的时候,父亲就背着一捆青艾回来了,立时院子里弥漫了艾叶的香气。听老一辈人说:艾蒿就像一把把长剑,有驱恶避邪的作用。端午节拔回的艾杀菌驱邪效果最佳,把艾叶挂在门楣上,既起到杀菌作用,又能避邪驱鬼魅,可保全家人健康平安,一辈子不生灾难。在端午节的当天清早,父亲把艾挂到门上、墙头上,嫩绿嫩绿的,给单调的小院增色不少。此时,整个村子里都散发着浓郁艾草的馨香,沉浸在一份快意之中。

　　在端午节里,我们小孩子也是闲不住的,会欢天喜地地结伴去采摘用来包粽子的苇叶。芦苇一般长在河塘边,此时的苇叶非常的硕大,当风吹来时,叶叶相撞,沙沙作响。摘苇叶，要拣新叶，用拇指和食指夹住叶片，中指一顶叶柄，"啪"的一声就脱落下来。我们这些孩子们，在水塘边、苇荡里跑着、跳着，留下一路欢笑。我们比着，看谁摘得苇叶多、苇叶大，运气好时，还会在苇荡里遇到野鸭或是其他鸟儿的蛋，这就是一份意外的收获了。

　　端午里最忙碌的就是母亲了，在头一天，母亲就把糯米、花生等泡好，再把苇叶一张张地刷洗干净后，就开始包粽子了。母亲总是很熟练地拿起两张苇叶，少量对叠，然后两手一窝，就形成了一个长条的槽，用一只手轻轻托着，另一只手用饭勺依次放入糯米、花生、蜜枣，用筷子插实、包好，然后再那么轻轻地折上去，小心地左右一抹，上头多余的叶子往下再一折，一个细长的粽子就成形了，用绳子一匝一匝紧紧地缠好，就等着下锅煮了。包好的粽子一律四角，腰边打结，个个拖着一根一式一样的小尾巴，水亮光洁，看着就会勾起食欲来。

　　头天下午，母亲就开始煮粽子了。那时候家里的灶头是砖土砌的，锅子也很大，一锅可以煮很多。母亲习惯取一些干的稻秆用水淋湿垫在锅底，然后再放入粽子。煮粽子的水不是清水，而是草灰水。草灰水就是把烧过的稻草灰，放在纱布上，然后用开水过滤。草灰水含有大量的碱，煮出的粽子不仅不伤胃，而且有助于消化。母亲煮粽子的时候，似乎不像裹粽子时那么认真，在烧火的间隙还忙着其他的活计。煮粽子是一个相当长的过程，母亲不停地往灶膛里续柴，最后再焖一晚上，等到第二天，粽子就烂熟了。

　　端午节那天早上，母亲推醒了还在熟睡中的我们，说粽子熟了。烧了一夜的灶火已渐燃渐熄，大锅里还咕嘟嘟冒着些微小的水泡，清新天然的苇香和软软的糯米香，漫过那口大锅的四周，弥漫在农家小院的上空。于是，我们起床后的第一件事就是往厨房里冲。此时厨房热气腾腾，香气四溢，令人垂涎三尺。这时，我顾不上洗脸漱口，毫不犹豫地从那热气腾腾的锅里提出一两个粽子。待粽子稍稍冷却，便迫不及待地剥开粽叶，把它放在盛有白糖的碗里轻轻一滚，然后有滋有味地吃起来。那时，我感到再也没有什么比这一刻更幸福了。

随着时光的流转，许多事物变得面目全非，但是端午节那醇厚的粽香，依然散发出清纯的芬芳。每年端午时节，父亲都会买上一些艾叶插在门楣上、凉台上以及各个房间的窗前，满屋子的艾叶香就这样淡淡的、浓浓的，从不同的角落隐隐传来，看着插在门梁上的青绿艾叶，心里乐融融的。母亲也会不厌其烦地洗苇叶、泡糯米、裹起粽子，我们会在一个又一个的粽香时节里，迈过人生的门楣。

又是一年端午节，我知道，到时候艾草和粽子的香味会混成一种特殊的味道再次袭来，我不仅会回忆起儿时的端午，并且会充分享受现实中的端午，获得一份吉祥、安康的满足与幸福。

晒夏之美

在度过潮湿的黄梅雨季后，村庄迎来了炎热的天气，等到了农历的六月六，村庄又迎来了一个无比辉煌热闹的节日，那就是晒夏，也是人们俗称的"晒衣节"。那场景既美丽又温馨、既宏大又壮观，它让每一个参与其中的人都从内心深处产生一种由衷的快乐与幸福。

在这一天，日头下、门里门外进进出出的主妇，早早就在院子里、院墙外、晒谷场拴好了晒衣绳，然后像约好似的，弯腰曲背从屋里搬出盛放衣物的箱子，不约而同地将雨季里吸足了潮气的被褥、棉袄、棉裤、夹衣单衫等，放到火辣辣的太阳底下暴晒。一方面是为了灭菌、杀虫、肃毒、防蛀、去霉，另一方面还有除却沉重、换得轻松的美好寓意。平淡的村庄，突然像舞台似的布置了起来，空气中弥漫着樟脑丸涩涩的清香。

细说起来，晒夏和平时晒衣晒被没什么两样，但平时晒衣晒被是不上心的，晒归晒，该干什么还干什么。晒夏就不同了，主妇们一天的心思全在晒上，这一天除了晒就不再安排别的事情，就连中午饭也懒得做了，有点剩菜剩饭就打发了，有的甚至简化到馒头就萝卜干。当大大小小的事情被忽略以后，晒夏这个主题就自然而然地凸现出来了，这就使晒夏有了一种略为隆重的仪式感，而主妇们则有条不紊地主持着晒夏的章节。

平日里熟视无睹，一年也难得碰上几回的樟木箱，只有在这时才又获得少有的礼遇，被抬出来，放在长条凳上置实了，"啪"的一下，像阳光下成熟的豆荚，欢欣鼓舞地打开了。那光彩夺目的被面，绣了花的枕套，缎子棉袄、紫花床单……一件件挂起来、晾起来，让人不由自主地浮想联翩。双手抖落一个农妇平时藏着掖着的倾尽的美丽，低头抬头间全是那种由内而外的柔情。在扑面而来的樟脑气息背后，充满着闺阁之气的心事，像满箱子绫罗绸缎一样闪烁，让人走神，让人回味，让人在东山墙的阴凉里余音袅袅地说起往昔来。

这时候，那些为母亲、为奶奶的主妇们回想最多的是新婚时的情景：铺天盖地乍响的爆竹、身前身后艳羡的目光、满眼的花团锦簇……对于她们来说，这箱子就有点像生活的根，顶峰一样的日子就是在这个根上开出的罂粟一样美丽的花，掀开根上的浮尘，那些花便倾尽所有平淡的生活纷至沓来。所有这些箱子都赶在太阳落山前撤出生活的场景，重又回到大橱顶上，阁楼上，开始它们沉寂的漫长时光，但是在女人的心里，酷热难耐的夏天也许就这样过去了，她们因晒夏而获得了一种无上的温暖与甜蜜。

在晒夏的现场，还有一种独特的衣服，那就是老年人的寿衣。依照习俗，儿孙辈会提前给上了年纪的老人缝制寿衣。在村里人看来，预先给老人做寿衣是不用忌讳的，也不是什么不吉利的事情，反而会给老人添寿，让老人活得充实、活得幸福，甚至有着"年年晒寿衣，越晒越长寿"的说法。左邻右舍的老人也会以一种外人的角度对那些寿衣评说一番，比如谁的寿衣颜色好看、做工考究，谁家的小辈孝顺等等。

对于孩子们来说，晒夏也是一件无比快乐的事情。我们这些孩子们像是受了鼓舞，在挂着晾着的衣物里穿梭，轻易就体会到了屏障给予人的含蓄和神秘。印象最深的是，每次晒夏的时候，还没等我疯够，母亲就喊我回家，让我帮着她给父亲晒书。母亲先在院子里摆好几张木板，然后，我开始将书架上的书一摞摞地抱出来，并且一本一本摊在木板上。母亲则拿着半湿不干的抹布擦掉书上的霉斑。有时候，碰到喜欢的书，我就会跪在地上，一边翻晒，一边阅读，思绪也随着书上的文字，纵横古今了。

六月六的晒衣节虽不像春节、中秋节那样隆重，却也是一个独特的节日，蕴藏着浓厚的民俗风情。有一年夏天，我随单位到四川施工，当地以阴雨天气居多，空气总是湿润润的，太阳也难得一见，衣服也晒不透，穿在身上黏糊糊的，很不舒服，这就让我情不自禁地想起了家乡晒夏的情形，不仅萌生了一种久违的温馨与感动，也升腾着对晒夏的企盼。

站在秋天的门槛

　　立秋是秋天的第一个节气，也预示着天高气爽的秋天到来了。立秋过后，村庄也渐渐进入了最多彩多姿的季节。站在秋天的门槛，遥望村庄，展现出的是一片灿烂景象，煌煌夸耀着秋天的富有。人们在这个季节里，收割昨天，播种今天，祈盼明天，完成一个轮回的同时又开拓了一个新的轮回，人类生生不息的生命之河就在这秋天里澎湃着、汹涌着、激荡着。

　　立秋过后，天空顿时变得高远起来。抬头望过去，天那么的高，那么的蓝，连云朵儿，都飘得那么悠闲自得，淡淡薄薄的，丝丝缕缕的，那叫一个纯粹。明亮的太阳光变得那样柔和起来，在一望无际的田野上，在河水潺潺的溪流中，这种柔和的光相互映照，使人心神为之欣赏、震颤，整个大地被这明晃晃的阳光抚照着、暖化着、滋润着。从那金色的阳光中，我闻到了熟透了的庄稼的芳香，那是天空的芳香、大地的芳香，那是独属于秋的芳香。

　　秋的风，像一支多彩的画笔，只要轻轻掠过，村庄的色彩就艳丽起来，特别是庄子外的田野上更是韵味十足。先是玉米由青色变成浅浅的黄，浅黄的海洋中点缀着一片片暗紫色的帆，在秋风中微微飘动。高粱耗尽了青春和生命的叶子无声地耷拉着，衬托出一地浓酽的红。成熟的稻谷是那种金色的黄，金黄的穗子和金黄的秸秆，在秋风中荡过来荡过去，阳光下像片片的金子耀人眼目。最耀眼的恐怕是盛开着的棉田了，那种让人眼前一亮的白，静穆着伸展开，一眼望不到边。

秋风扬起的时候也是农人一年中最亢奋的时刻，他们将沉甸甸的秋收进了仓里、收进了囤里，然后又把来年新的期冀和无尽的爱恋播种下去。收割过的大地极像一位产后的母亲，疲惫但却是幸福地假寐着，丰满而柔韧的躯体舒展在开阔的晴空下，等待着新一轮的孕育。其实，也只有收获过了的秋天才能这样静谧安详。几座闪闪发光的麦秸垛，几缕银蓝色半透明的炊烟，这儿一只那儿一只慢吞吞吃草的老牛，构成了一幅精妙绝伦的画面，和谐而高贵，平稳而舒畅。

每年立秋过后，是各种果蔬成熟的时节，也是农人晒秋的时候。晒秋不仅是一种传统的农俗现象，也是一个诗意般的称呼。此时，家家户户利用房前屋后、窗台、屋顶架晒或挂晒收获的农作物，有玉米、高粱、辣椒、南瓜等等，这是富足的展示，这是收获的盘点，这是田野里的斑斓色彩，以另外一种方式在农人的院子里呈现。霎时间，整个村子的上空，被浓得化不开的味道包围起来，香甜的、清新的、温暖的味道，在村庄上空飘来荡去。

对于孩子们来说，秋天也是可以大快朵颐的时候。印象最深的是啃甜秸，甜秸就是不成熟的青玉米秸，味道跟现在的甘蔗差不多，啃法也差不多，只是没有甘蔗的甜度大。碰上地气儿不好时，甜秸不但不甜还会有股儿怪味道。碰到了又嫩又甜的时候，味道超级好，只可惜这样的甜秸很少能吃到。有时候会去田地里，偷偷地找青玉米秸。那时大人们为了玉米的分量更成实，是不舍得在玉米不老的时候让我们啃的，所以啃到的甜秸要么是补种在地头上成熟比较晚的，要么是偷拔来不让大人看见的。

秋风里最独特、最美丽的风景当属那一株株的树了。此时，春的萌动、战栗、骚动，夏的喧闹、蓬勃、繁华，全都消匿而去，它们怡然自得地站立在秋光里，在如仪的告别式上端庄肃立。它们与落日和谐，与朝阳也和谐，它们站立的姿势高雅优美，并自在自如地伸展着独自拥有的俊美的枝条。你若细细端详，便可以发现那是一种人类无法模仿的高贵站姿，令人惊羡。树儿们在秋风里正丰富灿烂得恰到好处，浑身披满了待落的美羽。那美羽就像一群缤纷的跳伞兵，并很快就将行动。无论是大树、小树，还是团团的树，抑或是形态偏颇的树，都处于一种辉煌的时刻、成熟的极限、完美的巅峰。

随着年龄的增长，我不知为何对落叶情有独钟。有时我会俯身拾起一枚落叶，并透过这片叶子去看太阳，光芒便透射过来，使这枚秋叶通体透明，脉络清晰，仿佛一个至高境界的生命在向我展示它的五脏六腑，是那样的一尘不染，经络优美。有时我会用扫帚把落叶轻轻拢起，并在旁边坐下来吸烟，顺手用火柴引燃那堆落叶。虽然看不见火焰，却有一股灰蓝色焚香似的烟，从叶缝间流泻出来，细流轻绕，柔妙舒卷，飘出一股特殊的香味，飘出一股佛家的思绪，醒人鼻脑，沁人肺腑。吸食着这种烟，我的肉体和精神轻易地就拥有了某种休憩栖息的愉悦。

在一年四季中，秋的色彩，秋的层次，秋的况味，都是独特的，都是别有韵味的，都是惹人怜爱的。漫步在秋天的长廊，完全没有遮拦，你朝哪个方向走去，向前迈一步，都会行至秋之纵深处，拾到飘然的秋天之美。

月到中秋分外明

　　中秋节是一年中最诗意、最温婉的节日，也是除春节之外我最向往的传统节日。在千年的时光里，衍生出了诸如拜月、吃月饼等习俗。我每每想起过中秋的种种趣味，心里便会泛起阵阵涟漪，那段难忘的记忆也早已沉淀成了绵长的思念。

　　月饼是中秋必备的食品，奶奶是做月饼的高手，她做的月饼甜透了我的整个童年。奶奶先把花生、瓜子仁、芝麻等炒熟碾碎，然后掺上红糖，撒上青红丝，再浇上香油，和成月饼馅，然后擀皮做成一个个的月饼，并用筷子、八角或是酒瓶盖在上面印些花纹图案，最后上屉蒸，很快月饼的香甜味就一层一层地氤氲起来，弥漫了整个院子。奶奶蒸出的月饼圆滚滚、白亮亮，犹如新月一般诱人，总让我垂涎欲滴，即使现在回想起来，那份特有的香甜依然会穿越时空一波一波地在心里荡漾。

　　记得小时候，每逢中秋夜奶奶都要祭拜月亮，设大香案，摆上月饼、石榴、苹果等。皎洁的月光下，香烛高燃，全家人依次拜祭月亮，然后由奶奶切月饼。切的时候要预先算好全家有多少人，在家的、在外地的，都要算在一起，不能切多也不能切少。仪式完了以后,一家人坐在清凉的小院里,边吃月饼,边赏看圆圆的月亮。而我则一边听奶奶讲"嫦娥奔月""吴刚伐桂"的故事,一边展开想象的翅膀,仰头寻找月宫中朦胧的桂树和捣药的玉兔,那份快乐令我一生都难忘。

此时,秋夜的天空纯净异常,如水的月辉在空中悄悄地奔涌,月光使沉静的乡村变成了情趣盎然的田园诗,变成了美轮美奂的山水画。因为有了月光,乡村不再寂寞,乡村的每一方土地、每一草一木都饱含了令人神往的诗情画意。晚饭之后,母亲会卷一张草席,拖着我们到晒谷场上纳凉,我们一边走一边抬头看月亮。澄澈的月光把我带进了光明的梦境,在心灵中生发了一种似乎可以触摸和把握的秘密,给予了我一种对人生、自然和天地的精神进行体验的感动与超然。

那时候没有垃圾,只需铺一张席,便可以坐下,晒谷场上坐满了纳凉的人群。女人与女人诉说着当家的艰难,男人与男人闲聊、侃大山,我们小孩子则不知疲倦地玩游戏,一边还高唱着"月姥娘,八丈高,骑白马,带洋刀……"的歌谣。最好玩的游戏是捉迷藏,我们躲在草丛中,看流萤宝蓝色的尾灯在清辉中飘忽明灭,秋虫在微吟浅唱,空气中弥漫着稻谷的芳香,蹲在草丛中,我小小的心惊异于天宇中这份宁谧与温馨,便常常忘了游戏。玩倦了,觑准母亲和邻人絮絮叨叨的当儿,便悄悄地躺下来,在习习凉风中不知不觉地入睡。最后又被母亲拧耳朵揪鼻子地唤醒,拖着仿佛不是自己的身体,闭着眼睛走回家。

在没有冷气的晚上,人与人之间的关系变得异常密切。每当关上灯后,父亲总会用葵扇给我扇凉,另一只手则给我搔背上的痱子，那痒痒凉凉的感觉，令我好生受用。月亮就在窗前，它给狭小的屋里洒下了一地光华，照亮了我的脸，也照亮了我的心。我尽情享受这燠热晚上的一刻，常常假装着睡觉，借着月光眯起眼睛偷看父亲，欣赏他的每一个动作，感受父亲无比的爱。

  上中学后，中秋之夜比以往平添了几分野味的奔放，我们一改往日的做法，喜欢结伴踏月漫游，四野展喉高歌，每次的感受都异常甜美。后来，外出求学，才真真切切明白了"月是故乡明"的含义。记得大一那年的中秋节，初次离家的我们围坐在校园的操场上，一边看着天上皎洁的月亮，一边吃着学校发的月饼，一边谈着各自在家过节的趣事，说着说着，便都被那思乡的情感淹没了，许多女同学更是情不自禁地哽咽起来。如今，只要念及那些时光，我的心就如同一只蓄满了花蜜的瓷罐，释放出无与伦比的香醇气息，使人感到岁月不仅仅是在无情的催逼，同时还为人留下永久的忆恋。

  月到中秋分外明，情到中秋分外浓，让我们坦然地收拾心灵片羽的光辉，尽情地享受着中秋月夜的静美和亲情缠绵不绝的馨香，也努力地让我们的心渐如这明月一般宁静、明亮，任思绪在沧桑变幻中变得安详而又从容，获得一份无尚的甜美与富足、幸福与安康。